誰一人帰らない『奈落』に落とされたおっさん、うっかり暗号を解読したら、未知の遺物《オーパーツ》の使い手になりました！

ミポリオン

illustration
片瀬ぼの

主な登場人物
MAIN CHARACTER
before
after
リンネ
街で有名なＳＳＳランク
冒険者の剣士。
極度のツンデレ。
ケンゴ
冴えない中年サラリーマン。
追放先の『奈落』で封じられた
巨大船を見つけたことをきっかけに
若返り、超技術の力を手に入れる。
イナホ
ケンゴが保護した
不思議な生物。
人懐っこい性格。

ギルバート
リンネ親衛隊という組織を
率いる貴族。ケンゴを
敵視している。
グランドマスター
冒険者ギルド本部のトップ。
リンネをからかうのが好き。
キラリ
冒険者ギルドの受付。
普段は冷静だが、
想定外の出来事に弱い。
バレッタ
『奈落』に眠っていた巨大船の
管理人。主人となったケンゴの
考えを先読みする。

第一話　転移して即どん底

「はぁ～、憂鬱《ゆううつ》だなぁ」

俺――福菅健吾《ふくすけんご》は、いつものスーツを身に纏《まと》い、職場に向かって車を走らせていた。

今日も今日とて仕事がある。

俺の職場はサービス残業が当たり前だし、人間関係も悲惨《ひさん》だった。

自分勝手な社長に、無理難題を押し付ける上司、陰口ばかりの女性社員、かと思えば後輩は俺の指示を聞いてくれない……仕事が始まると意識するだけで本当に気が滅入《めい》る。

こんな時は、自分が好きな異世界ものアニメ『無気力転生《むきりょくてんせい》～二度目《にどめ》の人生《じんせい》は本気《ほんき》を出《だ》さず怠惰《たいだ》に暮《く》らす～』のテーマソングを聴いてテンションを上げるに限るな！

俺は気を取り直して、カーオーディオから流れる音声をアニソンへと変更した。

「ふふふーん♪」

音楽に合わせて鼻歌を歌いながら道を進む。

お気に入りの曲をかけるだけで、沈んでいた気持ちが少し復活した。

やはり好きな音楽を聴くとテンションが上がるなぁ。

はぁ……俺もこんなクソみたいな現実から異世界にでも転生や転移させてくれればいいのに……

いや、どちらか選べるなら転生の方がいいか。

俺は顔がいい方ではないし、学があるわけでも、一流企業に勤めているわけでもない。

そのうえ、歳をとって腹も出ている中年男性だ。彼女も当然いない。

こんな状態で転移してもいい生活は送れないだろう。

それよりも、生まれ変わったら容姿だって今と違うはずだし、勉強の大切さも身に染みているからきちんと学ぶに違いない。

そうすればもっと充実した生活が送れるはず！

それと、もし異世界に行くことができたら、有名になって、金持ちになって、ハーレムを目指したい。

ハーレムといってもそんなに大人数は嫌だな。三人くらいで十分だ。あまり多すぎると、皆《みんな》を守るための力もどんどん必要になるからな。

理想は、平民の家庭に生まれて、可愛い幼馴染《おさななじみ》と義妹《いもうと》がいる生活だな。王都じゃない辺境に拠点を構えて、冒険者としてコツコツSランクを目指せたら、今よりも幸せな人生なんだけどな。

……あぁ～、ありえない妄想《もうそう》だけが日々の楽しみだ。

「はぁ……」

いい歳してこんなことばかり考えてるからモテないし、会社でもうだつが上がらないんだろうなぁ。

俺はまたテンションが下がって、ため息を吐《つ》いた。

俺が車を走らせている方の歩道には、数人の高校生らしき姿。

笑みを浮かべて仲良さそうに会話している学生グループを見て、俺はふとこぼす。

「いいなぁ。俺もあんなふうに女の子と関わりのある人生を送りたかった……」

せめてあの頃に戻れたらなぁ。

そんなことを考えながら彼らのちょうど横をすれ違う瞬間――

「な、なんだ!?　うわぁ!?」

目の前が突然真っ白になった。

――キキーッ！

俺は思わずブレーキを踏むが、時すでに遅し。

そのまま光の中に呑み込まれ、それと同時に意識も失った。


え!?　俺寝てた!?　まさか事故ったか……！

「仕事に遅れる！」

俺はハッとして目を覚ましてから、ガバリと体を起こした。

しかし、そこは車の中ではなく、つるつるした壁や柱で造られた広めの部屋だ。

神殿の一室と言われると納得がいくような気がする。

辺りを見回すと、俺の他にも学生服を着ている人間が四人いた。

彼らも俺と同じように体を起こしてキョロキョロしていた。

四人は、先ほどまで俺が見ていた高校生たちだ。

俺たちが部屋の中を観察していると、先ほどから目には映っていても、意識の外にいた存在が声をあげた。

「よく来た、異世界の勇者たちよ！」

脳が現実を受け入れることを拒否していたが、向こうから声をかけられたら無視はできない。

目を向けると、そこにはトランプのキングに似た、いかにも王様という人物が、王冠《おうかん》を頭に乗せ、煌《きら》びやかなローブを羽織《はお》り、その下に質の良さそうな服を着て、玉座に座っていた。

歳は四十代後半くらいに見える。顎《あご》が弛《たる》み、肥え太っていて、なんだか親近感を覚える容姿だ。

その隣《となり》には四十代ほどの美魔女という言葉がふさわしい女性が同じように椅子に座り、それぞれの傍《そば》には子供が並んで立っている。

部屋の左右には、甲冑《かっちゅう》に身を包んだ数十人の騎士達が、壁に沿って等間隔で立っていた。

いまだに状況を理解しきれていない俺たちをよそに、目の前の王様が話を始める。

「余の名はゴーマソ・ヒュマルス。ヒュマルス王国の国王である。まずは突然このような所に呼んでしまったことを深く謝罪しよう」

ヒュマルス国王はそう言って頭を下げた。

マジかよ……一国の王が、まだ誰とも知らない人間に謝罪することなんて、俺が読んでいたライトノベルではなかったぞ。

俺が感心していると、国王は話を続けた。

高校生たちは唖然《あぜん》としたままだ。

「此度そなたらを呼び出したのは他でもない。この世界の危機を救ってもらうためだ。この世界では近年魔王種《まおうしゅ》と呼ばれる強大なモンスターが生まれたり、モンスターの個体数が増えたりしている。凶暴性や強さが増したモンスターも多い。もちろん騎士団や冒険者たちにも討伐させているが、もはやそれでは追いつかず、街や村が次々襲われては滅んでいっている。我らではもう対処しきれないところまで事態は深刻化していてな。その状況を打破するために、藁《わら》にもすがる思いで異世界召喚を行ったのだ。どうか世界を救ってほしい」

国王はそう言って、再度頭を下げた。

ふむふむ、なるほど。

状況を把握《はあく》する限り、やはり俺は異世界召喚されたのか。

車で妄想していただけなのに、本当に異世界に来てしまうとは……願望とは違って生まれ変わることはできなかったみたいだけどな。

それに、この召喚で呼ばれた五人のうち俺だけがおっさんで彼らとは面識がない。

これはいわゆる巻き込まれ召喚ってやつか？

俺が考え事をしていると、学生グループの一人がおそるおそる挙手した。

「あ、あの、いいでしょうか⁉」

爽《さわ》やかで優しげな印象で、顔立ちのいいショートヘアーの少年だ。

いかにもクラスカーストのてっぺんにいそうな雰囲気がある。

「なんだろうか？」

国王は頭を上げて、少年に視線を向けた。

「質問の前に……私たちは身分制もない国からきたので無礼があってもご容赦《ようしゃ》ください。それから聞きたいことですが、今まで戦いなどとは無縁な生活を送っていた、しかも学生の僕たちが、そのような争い事を手伝うのは難しいと思うのですが……」

極力失礼にならないよう前置きしながら、少年が国王に問いかけた。

「それに関しては安心せよ。召喚された勇者達は異世界からこちらに来る時にすさまじいスキルを獲得すると言われている。そなたらにも何かしらの力が宿っているだろう。時間はあまり無いが、戦闘に関しては事前にきちんと訓練を行い、できるだけ万全の状態で臨んでもらうつもりだ」

優しげな説明だが、戦いは避けられないと暗に言っているようにも聞こえる。

ラノベなんかだと協力を拒《こば》めば、待遇を悪くしたり、隷属《れいぞく》させるような道具で強制的に従わせたり、最悪殺される展開もある。

少なくともこの世界の情報を集め、自分の力で生活できるようになるまでは、言うことを聞いておくしかなさそうだ。

「分かりました。確かに言われてみれば、なんだか体に力が漲《みなぎ》っている感じがあります！　それともう一つ聞きたいのですが、僕達は元の世界に帰れるのでしょうか？」

少年の言葉を聞いて、国王は俯《うつむ》いた。

「すまない……今のところ帰る手段はない」

その言葉を聞いた瞬間、それまで黙って聞いていた二人の少女たちが騒《さわ》ぎ始める。

「そんな!?」

「元の世界に返して！」

彼女らが取り乱すのも無理はない。突然違う世界に連れて来られて帰る手段がないなんて、誰が聞いてもひどい話だ。ただの拉致《らち》でしかない。

友人も家族もいて、元の世界に残したものが多い人からすれば、簡単に割り切れるものじゃないだろう。

一方で、俺は元いた世界に未練はあまりない。むしろあの職場から解放されて嬉《うれ》しいとさえ思っている。心残りといえば、ゲームをしたり、ラノベを読んだりといった娯楽《ごらく》がなくなることぐらいだろうか。

その代わりにこちらの世界での魔法や冒険といった、夢見た生活ができるならそれも悪くない。情報を集めながら、ツテを増やして、どうにか死なないように気をつけて生活すればなんとかなるだろう。

「二人とも！　混乱するのも悲しい気持ちも分かるけど、一旦静かにしてほしい！」

少年がそう言って、戸惑《とまど》う彼女たちを落ち着かせる。

そして国王の方に再び向き直った。

「……そうですか。では、これは拉致ということで認識されていますか？」

「あぁ。我々も切羽詰《せっぱつ》まっていたとはいえ、本当にすまなかった。そこに関しては謝罪するほかない。言い訳はせぬ。だがこの世界にいる間の生活はきちんと保証するし、そなたらの世界への送還方法も全力で調べさせてもらう。約束しよう」

「分かりました。いったん皆と話す時間をもらってもいいでしょうか？」

「かまわぬ」

少年は王との会話を区切ると、後ろを向いて他の友人を集めた。

「皆聞いてくれ。俺はこの世界を救う力があると言うのなら力を貸したいと思う。それぞれ思うところはあるだろうけれど、何を言ったところで現状帰ることはできない。だからまずはこの国で生活して、戦いが終わってもまだ帰る方法が見つかっていなければ、その時は俺たちで日本に帰る方法を全力で探したいと思う。どうか俺に付いてきてくれないか？」

少年はそこまで言い切ってから、頭を下げた。

すると、それまで落ち込んでいた少女たちの目には光が戻り、少年の友人らしき男が頭をかいた。

「仕方ないな。勇気《ゆうき》がやるって決めたなら俺ももちろん付き合うぜ」

短髪でワイルドな雰囲気《ふんいき》を漂《ただよ》わせながら、男が立ち上がった。

「健次郎《けんじろう》ありがとう！　流石《さすが》俺の幼馴染！」

あの皆をまとめている青年は勇気というのか。めちゃくちゃ勇者っぽい性格してるな。

それはそうと勇気という少年、全く俺に声をかけてくれない……完全に蚊帳《かや》の外だ。

勇気と健次郎が固い握手を交わしていると、二人の少女が顔を上げる。

「はぁ……しょうがないわね、二人だけじゃ心配だし、私もやるわ」

眼鏡《めがね》が似合う、黒くて長いストレートヘアーの女の子が呆《あき》れた表情をしながら言うと、ボブカットくらいのウェーブのかかった茶髪でゆるふわ系の女の子がそれに続いた。

「もちろん私もやるよ！」

「聖《ひじり》と真美《まみ》もありがとう」

四人が集まったところから眩《まぶ》しいオーラが溢《あふ》れているような気がする。

いわゆるリア充か……爆発すればいいのに！

思わず心の中で呪詛《じゅそ》を吐いてしまったが、今の俺は彼らにとっては空気扱いだ。

特に俺の意見は聞かれぬまま、勇気と呼ばれた少年は国王を見上げて言った。

「お待たせしました。皆で話し合って、僕達はこの国に協力することに決めました」

その言葉で国王の表情が綻《ほころ》ぶ。

「おお、それはよかった。それではお主たちのスキルの鑑定をしたいのだが、よろしいか？」

「分かりました。よろしくお願いします」

「うむ。準備せよ！」

話が終わるやいなや、バタバタと騎士達が準備を始めた。

俺が何もしない内に勝手に話はまとまっていく。

どうしたらいいか分からず動けないまま立ち尽くしていると、国王の前に何やら台座のような物が運ばれてきた。

「これより、お主たちの鑑定を行う。一人ずつ台座の前まで来るように」

王様の指示が響くと、勇気が台座の方へ向かった。

「まず俺から行こう。その後は名前順でいいかな？」

他の三人が勇気の提案に頷く。

率先して壇上へと上がっていく少年を見て、若者は積極性があるなぁなどと俺はぼんやり考えた。

「それではこの台座の上に手を翳《かざ》すのだ」

台座の前に立った勇気に次の指示を与える国王。勇気は頷いて台座の上に手を翳した。

ブンッという古いテレビの電源でも入れたような音とともに、半透明なスクリーンが空中に映し出される。

【名前】ユウキ・コウノ
【種族】普人族《ふじんぞく》
【固有スキル】勇者《ゆうしゃ》
【スキル】言語理解《げんごりかい》

ユウキのステータスが表示された瞬間、国王が目を見開いた。

「おお、これは！」

「父上、この方は伝説の勇者スキルの持ち主ですね!?」

国王の息子らしき人物も驚愕《きょうがく》の声を上げる。

部屋全体がどよめいた。

「うむ。勇者スキルを持つ者は人とは思えぬほどの強大な力でモンスターを屠《ほふ》り、どんな逆境にも立ち向かうことができる。しかも成長すればさらなる力が覚醒《かくせい》すると言われておる」

「そうなんですか？　お役に立てそうなら良かったです」

戦闘経験がなく、異世界の知識に乏《とぼ》しいであろう彼に実感が湧くはずもなく、勇気は国王の熱の入った説明に安堵《あんど》したような笑みを返す。

「役に立つなどというレベルの話ではない。そこらのモンスターなど、すでに相手にならぬ。訓練をしたり、実戦で経験を積んだりすれば、さらに強いモンスターも簡単に倒せるようになる。伝説の聖剣技《せいけんぎ》や光魔法《ひかりまほう》を使えば、向かうところ敵なしといったところだ」

王様はいまだに興奮した様子で語っていた。

「そうですか。この力、世界のために使いたいと思います」

「うむ。頼むぞ」

ひとまず勇気にも、持っているスキルがとにかく強いことは伝わったらしく、彼は誇らしげに胸を張る。

国王は勇気の返事に満足げな顔で頷いた。

「流石勇気！」

「やるじゃない！」

「凄い！」

彼の仲間達が口々に勇気に称賛を送る。

出たよ……主人公キャラは勇者で凄いステータスを持っているっていう流れ。元いた世界で何回も見たことあるぞ。

きっと他の三人も凄いスキルを持っているに違いない。

［名前］　ケンジロウ・イクサバ
［種族］　普人族
［固有スキル］　聖騎士《せいきし》
［スキル］　言語理解

［名前］　ヒジリ・カンナギ
［種族］　普人族
［固有スキル］　聖女《せいじょ》
［スキル］　言語理解

［名前］　マミ・ケンジヤ
［種族］　普人族
［固有スキル］　賢者《けんじゃ》

案の定、他の三人の鑑定結果は予想通りだった。

聖騎士、聖女、賢者なんて完全によくある勇者パーティのメンバーじゃないか。羨《うらや》ましい限りだ。

四人で喜び合っている光景が俺の目の前に広がっていた。

この世界の人間の多くは固有スキルを持たず、スキルを三つから五つほど習得するようだ。

多い人だと十個近く持っている者もいるそうだが、そういうのは稀《まれ》らしい。

固有スキルはいくつものスキルを内包しているもので、それだけで通常のスキルを何十個も持っているような状態になるとのこと。

「これで全員調べたであろうか……いや、まだ一人毛色の違う者がおるようだな」

部屋を見回した後、国王が訝《いぶか》しげな表情で俺の方を見下ろした。

そこで部屋中の視線が俺に集まる。

いやいや、普通ならもっと早くに気づくでしょ！

今まで気にかけられなかったのに、急に注目されるのは勘弁してほしいわ。

「知り合いかね？」

王様が困った表情で勇気に問いかける。

「いえ、全く知らない人です」

彼は首を振って端的に答えた。

そりゃそうだ。俺は彼らを見ていたとはいえ、彼らの視界には俺のことは映っていないはずだしな。

「ふむ。召喚対象になるのは若者のはずなのだがな……」

戸惑う王様に勇気は自分の考えを述べる。

「近くに人はいなかったと思ったんですが、あの人は何らかの理由で僕達の召喚に巻き込まれたのかもしれません」

車では軽くすれ違ったのだが……まぁ、気づくわけがないか。

「なるほど。そのようなこともあり得るか。ならば、お主もここに来て鑑定するがいい」

国王はユウキの仮説を聞いて納得した後、視線を俺によこして指示を出した。

皆からの視線を集めた俺は逃げるに逃げられず、仕方なく壇上へと上がっていく。

この流れだと、俺が持っているのはろくでもないスキルなんだろうな……

俺が台座に向かう間、学生グループのひそひそ声が耳に入ってきた。

「あんなおっさんが戦えるわけないよな」

「本来の召喚対象じゃないって話だし、大したスキルはなさそうだよね」

「どうなんだろうな」

健次郎と真美が揶揄《やゆ》するのに、困った様子で乗っかる勇気。

「皆、知らない目上の人にそんなことを言うのは失礼だよ」

黒髪の女の子の聖だけはそれを窘《たしな》めていた。

俺が台座の前に立つと、国王が俺に命じる。

「手を翳してみよ」

言われた通りに手を翳した途端《とたん》、俺の情報が表示されていく。

【名前】　ケンゴ・フクス
【種族】　普人族
【固有スキル】　言語理解
【スキル】　なし

読み進めると、皆が持っていた言語理解の他には何もない。明らかに一般人以下の内容だということが分かった。

俺は項垂《うなだ》れる。

こういう場合、城から追い出されるか、役に立たないからとその場で殺されるかだ。

俺の危機管理能力が警鐘《けいしょう》を鳴らしているが、これだけの人数に囲まれていては逃げるのも難しい。

「あはははは！　見ろよ！　一般人以下だぜ！」

「ぷぷぷっ！　異世界の言葉が分かるスキルしかないじゃん！」

「ははははっ。皆笑い過ぎ。言いたいことは分かるけどさ」

俺のステータスを見た高校生たちから爆笑の嵐が巻き起こる。

あぁいう奴らがいるからイジメが無くならないんだろうな。

この場では言い返したりしないが、今後俺が普通の生活を送れて、彼らが窮地《きゅうち》に陥《おちい》ることがあった場合、絶対に助けないと心に決めた。

小さいと言われるかもしれないが、俺だって人間。腹が立ったのだから仕方ない。

「皆やめなさいよ。おじさんは私たちに巻き込まれたんだよ？　なんでそんなことが言えるの？」

唯一、聖という少女だけはそんな風に否定してくれる。

あの子はいい子だなぁ。

勇気も聖の言葉で少し大人しくなったが、それ以外の二人は俺を貶《けな》すのをやめない。

「おっさんなんて庇《かば》うことないって！」

「そうだよ、キモいから関わらないようにしよ！」

俺の鑑定が終わると、国王がボソッと何やら呟《つぶや》いた。

「ふむ。やはりただ巻き込まれただけの一般人か……使えぬやつめ……ひとまず元の場所へ戻れ」

前半はあまり聞き取れなかったが、指示に従って悲しみをこらえながら、俺は壇上から下りる。

そして俺が床に座ると、国王が口を開く。

「これにて鑑定を終了する。今後のことは追って伝えよう。メイドに案内させるゆえ、ひとまずそなたらは休息をとってくれ」

国王がそう言って部屋から出ると、王族たちもそれに続いてその場から去っていく。

俺達も後から入ってきたメイドらしき女性に案内されるまま、部屋を後にした。

最後尾で召喚された部屋を出ると、天井の高い通路に出た。

ここがかなり大きな建物であることを俺は実感する。

それにしても、これからどうなるのだろうか……

おじさん、気になります。

しばらく歩いていくと、渡り廊下のような通路に出た。

左右には庭が広がっている。数人の騎士たちがチームを組んで巡回したり、庭師らしき人が枝の剪定《せんてい》をしたりしている様子が目に入った。

渡り廊下の先には装飾で豪華《ごうか》さを強調した建物がある。

先ほどまでいたシンプルな見た目の場所とはだいぶ趣《おもむき》が異なっていた。

渡り廊下を進む時に城の外を見ようと思ったが、全容を知ることはできなかった。

まぁそのくらい大きな城なのだろう。

色々考えているうちに目の前の建物の中に到着。

目の前に左右に分かれた通路が現れた。

メイドと高校生が右側に歩いていったのを見て、俺もついていこうとすると——

「おい……」

後ろから、突然低く小さな声で呼び止められて、肩を掴まれた。

俺の肩に強い力がかかる。

めちゃくちゃ痛い……

振り向くと、そこにいたのは黒い甲冑を身につけた騎士の男だった。

「お前はこっちだ」

騎士の男はそう言って左の通路を指し示す。

「いや～、俺も彼らと同じがいいかな～なんて……」

俺は苦笑いで、頭の後ろを掻きながら応える。

「お前はそんなこと言える立場じゃないんだよ。黙って従え。さもなくば……ここで斬るぞ？」

騎士はいきなり剣を抜いて、俺の首筋《くびすじ》に当てる。

当てられた場所にチリッとした痛みが走った。

多分少しだが、これは本当に切れているな……

この人に冗談は通用しそうにない……ヤバすぎる。

いきなりゲームオーバーは勘弁してくれ。

「わ、分かりました」

俺は心の中でビクビクしながら両手をあげ、抵抗の意思はないことを示す。

剣を持っている人間相手に逆らえるわけない。

そのまま俺が大人しく左へと折れて廊下を進むと、騎士は剣を収めて後をついてくる。

めちゃくちゃ怖い。いきなり後ろから斬りつけられたりしないだろうか。

怯《おび》えながらも道なりに歩くと、目の前に下りの階段が見えてきた。

窓の外の景色を見る限り、ここは一階だ。つまりここから先は地下。

危険が待っているようにしか思えない。

しかし、逃げ出したくても、俺は言語理解スキル以外になんのスキルも持っていない一般人だ。言いなりになる他ない。

階段は螺旋状《らせんじょう》になっており、壁のところどころに松明《たいまつ》が設置されている。

階段を下りきると、目の前には高さが五メートルはありそうな重厚な両開きの扉があり、人が通れる程度の隙間が開いていた。

「先に進め」

騎士はそれだけ言うと、俺の後をついてこなくなった。

扉の横には見慣れぬ文字が並んでいたが、何が書いてあるかはすんなり理解できる。数文字ほど掠《かす》れているが、『実験室』という文字は読み取れた。

実験という文字に、俺は寒気を覚えた。

思っていた最悪の展開じゃなさそうだが、ろくな目に遭わなそうだ。

扉の隙間を通って進んでいくと、そこには先ほど会ったばかりの国王の姿があった。横には護衛らしき二人の騎士が立っている。

その奥には四隅に柱が立っている祭壇《さいだん》のような建造物がある。

ただ、それ以外には何も置かれておらず、部屋の中は実験室と呼ぶには殺風景だ。

実験室に祭壇という組み合わせに疑問を覚えていると、国王が吐き捨てるように言った。

「やっと来たか、役立たずが。国王である余を待たせるとは何事か。お前と違って余の時間は千金に値《あたい》するというのに……」

広間での態度と打って変わって、国王は虫を見るような目で俺を睨《にら》む。

高校生がいる時の振る舞いは演技だったのか……かなり誠実な人だと思っていたのに。

俺は国王の態度に愕然《がくぜん》とする。

職場や取引先で色んな人物に会っていた分、人を見る目はある方だと自負していたが、全く見破れなかった。

俺の顔を見た国王が嘲《あざけ》るように言う。

「信じられない、という顔だな。余はさぞ優しい人間に見えたか？　それならば狙い通りだ。余の演技も捨てたものではないな。くっくっくっ」

国王は、よほど俺が滑稽《こっけい》に見えたのか、堪《こら》えきれずに笑い出す。

「それで……その国王様がこんなところに俺を連れてきてどうする気だ？」

俺が声を張り上げると、騎士の一人が剣を抜いてこちらに近付こうとする。

「王の御前で無礼な！　跪《ひざまず》いて頭《こうべ》を垂れろ！」

「よいよい。畜生の言葉など気にならぬ」

激昂《げっこう》する騎士を国王が宥《なだ》めると、騎士は渋々剣を収めて後ろに下がった。

やべぇ……一歩間違えたら今ので死んでいたな……

心臓がバクバクと鳴り、俺は冷や汗を掻く。

「質問に答えてやろう。ここに呼んだのは、役立たずの貴様を消すためだ」

国王はそんな俺を意に介すこともなく、冷たい表情で言い放った。

実験室という文字を入り口で見た時は、人体実験されるのだろうと思っていたが……結局俺はあの祭壇の上で二人の騎士に殺されるのか……

俺は絶望のあまり、体の力が抜けて座り込んでしまった。

国王はそのまま言葉を続ける。

「しかし、ただ殺すというのは面白くない。だから、貴様に生き残るチャンスをやろう」

「チャンス？」

俺は、思考がまとまらないまま顔を上げる。

「そう、貴様にはこれからとある場所に行ってもらう。その場所で生き残ることができれば、それから先は好きに生きればいい。死んだらそこで終わりだがな。簡単であろう？」

まだ生きられる可能性があることを知って、俺は内心歓喜する。

国王は俺を見下しながら、いやらしい笑みを浮かべていた。

抵抗できない弱者をいたぶることを心底楽しんでいる外道《げどう》のような表情だ。

さっきの高校生達も俺を見下してはいたが、あくまで人間に対しての罵倒《ばとう》の範疇《はんちゅう》だった。

しかし、国王はそれ以上に凶悪だ。

だが悲しいことに、俺にはその国王が出した選択肢以外に生き残るすべはなかった。

こうなればヤケだ。

この国王の顔をこれ以上見ているのも嫌だし、さっさとその場所に送ってもらおう。

「分かった。そのチャンスに乗らせてもらう。だから早くその場所に連れていってくれ」

国王は口の端を歪《ゆが》めて応える。

「くはははっ！　よかろう。では、あの祭壇の上へと登るがいい。そうすれば魔法陣によってお前の望み通り転移するぞ」

俺は上手く力が入らない体を無理やり立ち上がらせ、言われた通りに祭壇へと上がった。

俺が祭壇に立つと、国王は息を整えてから、階段横にあった台座に手を翳す。

「始めるとするか」

その言葉と同時に、祭壇上の俺の足元に魔法陣が現れた。

徐々に俺の視界が白く滲《にじ》んでいく。

これで国王の言った場所に転移するのか、と思ったその時――

「ふむ、そうだ、言い忘れていた。貴様の行先についてだが……今まで送った者が誰一人として戻ってこなかったことから『奈落《ならく》』と呼ばれている場所だ」

まだ相手の顔が判別できる間に、国王はさもうっかり忘れていたかのように言った。

どう考えても、初めから転移寸前のこのタイミングで言おうと決めていたとしか思えない。

もう俺が後戻りできないのを知ったうえで……

「え……」

国王から告げられた事実の衝撃が大きすぎて俺は言葉を失った。

「せいぜい足掻《あが》くがいい」

最後に見た王は、口元を吊り上げて、悪魔のような笑い声を響かせていた。

俺は硬直したままその場に立ち尽くすことしかできなかった。

第二話　こんなところに巨大船⁉

俺の視界が徐々に切り替わる。

足元にあった祭壇のような物は霞《かすみ》に消えていくように溶け、それに合わせて景色もゆっくりと揺らぐように変わった。

壁には何やら複雑な回路のような模様が走り、定期的に光っている。

「ここは……」

ひとまず辺りを見回してみる。暗いが見通せないというほどではない。

飛ばされた先は、二十畳程度はありそうな個室で、壁の近くにいくつもの甲冑や装飾品らしき物が見える。

いきなり化け物のような生物と遭遇するといったことはなかった。

右斜め前、部屋の隅には階段らしき物が見える。

とりあえずこの部屋を調べようと思った俺は、壁際《かべぎわ》に落ちている装備品のもとへと近づいた。

見たところかなり質の良さそうな鎧《よろい》だ。持ち上げてみると驚くほど軽い。

鎧の中から何かが地面に落ちて乾いた音を鳴らす。

——カランカラン
俺は思わず視線を下に向けた。

地面に落ちたものを見た瞬間、俺はその場から飛《と》び退《の》いて尻餅をついた。

「う、うわぁ⁉」

中から出てきたのは人の物らしき骨だった。

俺は途端《とたん》に鎧を投げ飛ばし、ガタガタと震えながら後退していく。

よく見たらこの鎧以外にも周囲の装備品の陰に頭蓋骨《ずがいこつ》が隠れていた。

これはここで散っていった人たちの遺品か……

国王が言っていた、誰も帰ってこないという言葉が現実味を帯びてきた。

俺はここで死ぬのか……

最初に飛ばされるこの部屋で死んでいるということは、ここより先に進めない原因があるのかもしれない。

おそらくこの部屋の外に……

クソ……あの悪魔め……俺が一体何をしたって言うんだ……！

何も知らずに転移させられた挙句《あげく》、力がないだけでこんな訳の分からない場所へと捨てられるなんて……

悔《くや》しくて涙が出る。ここまで起きたことを思い返して、俺はその場にへたり込んだ。

四《よ》つん這《ば》いに蹲《うずくま》ってひとしきり泣いた。

どれくらいそうしていただろうか……泣いたことで感情の整理ができて、気づけば絶望に染まっていた頭の中がスッキリしていた。

諦めるのはまだ早い。やれることはまだ残っている。

まずはこの部屋の出口らしきあの階段の先を確かめよう。

俺はグシャグシャになった顔を袖《そで》で拭《ぬぐ》い、立ち上がって階段を上っていく。

階段は思っていたよりも長く、ビルの五階分ほどあった。

その先に光が見える。

油断せずに進もうと思い、俺は階段を静かに上った。

あと一段というところで壁に背をつけ、ゆっくりとほんの少しだけ顔を出して外の様子を窺《うかが》う。

そこから見えたのはかなり広い空間だ。広さは陸上の競技場くらいはありそうで、天井までの高さも少なくとも百メートルはある。

そして、その中心には巨大な怪物がいた。

ヤバいヤバいヤバい！　あれは絶対ヤバい！

一目見た瞬間、俺の頭の中でアラートが鳴った。

ヘカトンケイルという巨人に似た生き物が鎮座《ちんざ》していた。

腕が左右それぞれ四本ずつあり、その一本一本がプロレスラーのように太い。

阿修羅《あしゅら》のように頭の正面と左右に付いている顔は、鬼をさらに恐ろしくしたみたいだ。

身につけているの腰巻きくらいで、他は裸だった。

今は座っているようだが、立ち上がれば、軽く三十メートルはあるだろう。

その巨人からは背筋《せすじ》が凍るような威圧的なオーラが出ている。

本能的にアレとの戦闘を回避しようとしてしまう。

しかし、何もせずに逃げ帰っては収穫なし。それに、この先を進まなければ、どのみちここからは出られない。

俺は意を決して部屋に足を踏み入れた。

巨人はまだ俺に気づいていないようだ。

さらに巨人に近付く。

変化がない。

もう少しだけ——

その瞬間、巨人の目が開き、全ての目がギョロリと俺の方を向いた。

「ヴォオオオオオオオオ！」

そして立ち上がって叫び出す巨人。

間近で爆弾が爆発したかのような巨大な咆哮《ほうこう》を響かせながら、巨人がこちらに走り出してきた。

あんなのを相手にするのは絶対に無理だ！

俺は倒すのを諦めて急いで階段に戻った。

――ドゴーンッ！

階段に入った瞬間、すぐ後ろが爆《は》ぜた。後ろを振り返ると、そこには自分よりも巨大な拳《こぶし》が突き刺さり、砂煙を上げていた。

「はははは……」

ギリギリ逃げ切れてよかった。

あと一瞬でも遅かったら俺、死んでたな……

身体中から冷や汗が噴き出て、乾いた笑いが口からこぼれた。

体が震えて上手く動いてくれないが、なんとか引《ひ》き摺《ず》って下へと向かった。

しばらく降りたところで部屋の方を振り返ると、あの恐ろしい生物の瞳が、嘲笑うかのようにこちらを覗いていた。

俺は恐怖のあまり、一目散に最初にいた部屋へと舞い戻った。

「ハァ……ハァ……ハァ……」

階段を必死に下りるのは、運動不足のおっさんにはキツい。

ほんのちょっと走っただけで息が上がってこのザマだ。

幸い、巨人は階段の先まで追いかけてくることはなかった。

階段が小さいせいなのか、それともあの部屋だけを持ち場にしているのか、その理由までは分からないが……あの部屋の手前までは安全地帯ってことなんだろうな。

「はぁ……」

俺は深く息を吐いてから、最初の部屋の真ん中で大の字になって寝転んだ。

いや、あんなの無理でしょ……

一体どうやって倒せっていうんだよ。倒さずに別の出口に辿《たど》り着ければいいけど、中に入って十五メートルくらい進んだらあの巨人に気づかれることは分かった。

あれじゃあ絶対向かい側に辿り着く前に殺されるわ。だからここで皆死んでいるんだ。

俺はここに死体がある理由を再認識した。

そのまま物思いに耽《ふけ》りながら天井を見ていると、ふとあることに気づく。

一瞬それまでの思考が止まった。

俺が視界に捉えたのは、単なる模様に見せかけた天上に描かれた複雑な模様。

ファンタジー作品の魔法陣によく似たそれは――

『この魔法陣が解読できる者よ。床にある模様を、書いてある順番に踏んだ後で、部屋の中心で呪文を唱えよ。さすれば大いなる翼が与えられん』

という文章として読むことができた。

それに続いて模様を踏む順番や唱える呪文の説明も記載されている。

俺は起き上がり、部屋の床を這いつくばって確認する。

するとそこには天井の説明の通り、小さな魔法陣のような図柄が書かれていた。

逸《はや》る気持ちを抑えながら、俺は書かれていた順番の通りに模様を踏んだ。

そして最後に中心に立って、呪文を唱えた。

「我は世界を渡る翼を求め、式を解きし者。新しき主《あるじ》となりて共に在《あ》らんことを」

呪文を唱え終えると、足元にほんのりと光を帯びた魔法陣が浮かび上がり、青白く光り輝いて目の前に円柱形の台座がせり上がってくる。

その台座の上には半透明のウィンドウが浮かび上がり、『手を翳《かざ》せ』と書いてあった。

俺は指示通り、手を翳してみる。

『認証を確認しました。前回の起動から一億三百二十二万四千二百五十六年経過しております。前所有者のオーダーにより、現時点より今回の認証者に所有者権限を委譲《いじょう》します……』

機械音声のような女性の抑揚のない声が小さな部屋に響き渡る。

『委譲しました。新しい主の名前を入力してください』

よく分からないうちに何かの権限をもらってしまった。

そしてちょうどいい高さの所に半透明のキーボードのようなホログラムが出現した。

それはそうと、一億って……どれだけ久しぶりにこれ起動してるんだよ！

思わず心の中でツッコミを入れてから、俺はキーボードをタップして自分の名前を入力した。

それにしても空中に浮いてるホログラムっぽいのにきちんと手が置けるし、感触もあるのは不思議だ。

城で見たこの世界の技術レベルでは考えられないほどに高度だ……これはいったい……

『所有者をケンゴ・フクスと登録。解錠します』

異世界に不釣り合いな技術を不思議に思っていると、後方で地鳴りのような音が聞こえた。振り向くと、壁がシャッターが開くように上がっていき、小さな個室だった空間が広がっていく。

「マジかよ……」

中はアニメや漫画で出てくる格納庫のような造りになっていて、その中心には一隻の船があった。

船といっても海に浮かべる船じゃない。

どちらかというと宇宙船のような……フォルムが洗練された近未来的な戦闘艦だ。

くっそカッコいい！　もしかして俺はアレの所有者になったってことなのか？　今ならあのクソ国王にも感謝できるぞ！

俺も男の子なので、興奮が冷めやらない。

もっと間近で見たいと思い、ダッシュで格納庫の方に駆け出していく。

近づくと予想よりも大きく、四十メートルくらいはある。

表面はホコリ一つ被っておらず、とても一億年も放置されていたとは思えない美しさだ。

「生きてるうちにこんなにかっこいい乗り物に乗れるなんて、夢にも思わなかったなぁ。そう考えると、俺ってめちゃくちゃ運が良いんじゃない？　うひょー！　早く乗りてぇ！」

さっきまでの絶望はどこへやら、俺はいても立ってもいられずに扉と繋《つな》がっている上階のタラップのような場所に向かった。

しかし、辿り着いたものの扉は閉じられており、どうやって乗ったらいいのか分からない。

あぁあああ！　もどかしい！

我慢しきれずに扉をペタペタと触っていると——

『所有者情報を確認しました』

先ほどまでと同じ音声とともに、急に扉が横にスライドして開いた。

「いたっ⁉」

俺は、勢いあまって船内の床に倒れ込んでしまった。

体を擦《さす》りながら身を起こすと、俺の頭上から声が降り注ぐ。

「おかえりなさいませ。ご主人様」

顔を上げると、作り物と言われても疑わないほど整った顔立ちの女性が、クラシックなメイド服を着て、完成された所作で俺にお辞儀をしていた。

お辞儀と同時に水色のボブカットの髪が揺れる。

醜態《しゅうたい》を晒《さら》しているのも恥ずかしいので、俺は急いで立ち上がって質問した。

「えっと、君は誰だ？」

「私はこの船『アルゴノイア』のメンテナンスから操縦《そうじゅう》、射撃、通信など、あらゆる作業をこなし、乗組員のお世話までを行う、パーフェクトなアンドロイドメイド、ＰＭ‐四五二六型一号機、個体名バレッタと申します。以後よろしくお願いします、ご主人様」

バレッタは自己紹介とともに美しいカーテシーを見せる。

「流石にご主人様は落ち着かないんだけど……俺はただの庶民だし……」

「そうですか？　それではなんとお呼びすればよろしいでしょうか？」

バレッタが首を傾《かし》げた。

「ケンゴで」

「ケンゴ様ですね。承知いたしました」

「様もとってもらえると嬉しいんだけど……」

「それはメイドとしての沽券《こけん》にかかわりますので」

「ま、まぁ仕方ないか。船内の案内とか説明をお願いしてもいいかな」

自分ごときに畏まった態度を取られると恐縮してしまうのだが、このままでは話が進まなさそうなので、自分が社長で接待を受けているんだと無理矢理納得して、切り替えることにした。

「承《うけたまわ》りました。私の後についてきてください」

彼女はそのまま回れ右をすると、俺を先導して船内を案内していく。

「この船は四人用で、個室が四つ、客室が二つ。他にもトレーニングルームやプール、医療室、食堂などがございます」

バレッタの説明通り、多種多様な部屋を見かけて、俺は驚いた。

畑や工房もあったし、自分で何かを作るのにも困らなそうな設備の充実度だ。

正直言って、四十メートル程の長さに収まるような部屋数じゃないし、一室一室も異常に広い。

これは空間魔法を利用したシステムではないかと、俺は脳内で勝手に理解した。

そして、この大きさと数の設備をバレッタ一人で管理しているというのだから、さらに衝撃的だ。

そう思ってバレッタに聞いたら、この船が目覚めるまではいったん船もバレッタも機能を停止していたらしい。

まだ風呂、個室、トイレなどの居住区と、倉庫や食料庫くらいしか使えないそうだが、徐々に使えるようにしてくれるとのことだった。とても助かる。

というか、今は食料と住む場所があれば十分だもんな。

「この船は空は飛べないのか……？」

ふと思いつきで俺はバレッタに尋ねた。

「申し訳ございません。今は部品が足りず……すぐには……」

「いや、気にしないでくれ。まずは簡単な所から使えるようにしてくれればいい」

「畏《かしこ》まりました。お気遣い痛み入ります」

この船で飛行できたら楽しそうだし、後々の楽しみにしよう。

それよりももっと知りたいこともある。

俺は根本的な問いを投げかけた。

「そういえばさ、なんでこんな凄い船がここにあるんだ？　外はこんなに技術は進んでいなさそうだったんだが？」

俺は不思議に思っていたことを尋ねた。

転移直後に見たヒュマルス王国の城の造りや騎士の格好などを見る限り、こんな機械が作れるような技術はなさそうだった。

それにもかかわらず、これほど高度な技術で造られた巨大船があるのはあまりにもおかしい。

「この船は今より一億三百二十三万年ほど前に他の星で造られた宇宙航行船です。前所有者が人のいない自然豊かなこの星を訪れる際に使用し、この拠点を作製して、見つからないように隠しておりました。その後、色んな人間を移住させ、世界はその技術を使って一時はかなり発展しましたが、世界中で大きな争いが起こり、大虐殺《だいぎゃくさつ》や大規模な自然破壊がなされたため、前所有者が設定していたセーフティを発動させたのです。それにより、争いの火種になる全ての技術は破壊しつくされ、世界から当時の技術が失われました。しかしこの船だけは、前所有者が亡くなる前に時間停止処理を施して封印したのです。もしここを訪れる者がいた場合、その人物に全てを託《たく》すことにして――それから今日まで一億年以上もそのままになっていたというわけです」

俺はバレッタの説明を聞いて感嘆《かんたん》する。

「ほぇ～、そりゃあ凄い。そんなに昔から宇宙にはこんな優れた技術があったんだな」

「そうなりますね」

なるほど。地球で言うところのオーパーツみたいな存在ってことか。

地球でも発見された場所や時代から明らかに逸脱《いつだつ》した物品や加工品が出土することがあるという伝説は聞いたことがある。

それは宇宙人がもたらしたものだなどと言われることもあるし、もしかしたらそういう伝説と近い存在なのかもしれない。

まぁそれと比べるとかなりスケールの大きな話ではあるけどな。

俺が思考を巡らしていると、バレッタが俺の顔を覗き込む。

「ケンゴ様、バイタルが乱れておりますね。それに体に少々良くない病《やまい》の兆候《ちょうこう》や疲れもあるようです。一度医療ポッドの中に入り、検査と治療をお受けください」

「分かった」

そのままバレッタは俺を連れて医療室に向かった。

医療室といっても、中には予備も含めて六つのカプセル型のサウナ用の機械みたいな物が置いてあるだけだ。

案内された時は未来的な医療装置に興奮して、船を見た時と同様にペタペタ触りながらあちこち確認してしまった。

そしてバレッタに促されるまま、俺はカプセルの一つに横たわると、透明なカバーを閉められた。

今日は転移に、追放に、怪物に、宇宙船にと、色々あってかなり疲れが溜まっていた。

まだ夜でもないにもかかわらず、俺はすぐに眠くなり、そのまま瞼《まぶた》が閉じていった。

◆◆◆

私――バレッタは医療ポッドの扉を閉めると、リラクゼーションミストを噴霧《ふんむ》させた。

その霧は吸い込んだ対象をリラックスさせ、深い眠りに誘《いざな》う。

その効果で新しいご主人様はすぐに眠りに落ちた。

「眠られたようですね。それでは洗浄と治療、そして強化処置を行いましょうか。せっかく得た新しいご主人様ですもの。すぐに死なれても困りますし、心ゆくまでご奉仕させていただかなくては！」

ご主人様が眠ったのを確認すると、その体内に魔導ナノマシンを注入し、治療と強化処置を行った。

強化処置といっても、ちょっと死ににくくなって、ちょっと成長率が上がり、ちょっと見た目が良くなるだけ。

早く強くなって私に沢山ご奉仕させてくださいね、ご・しゅ・じ・ん・さ・ま。

◆　◆　◆

目を覚ますと、視線の先には全く見たことのない天井があった。

そういえば、俺は異世界に飛ばされた挙句、追放された結果、運よく宇宙船を見つけて、バレッタの勧めで治療をしてもらったんだったっけ。

「お目覚めになられましたか。ケンゴ様？」

隣には、いつ現われたか分からないバレッタの姿があった。

「え!?　さっきまでいなかったよね？」

突然話しかけられた俺は驚いて、視線だけでバレッタを見た。

「たった今ですが？　ケンゴ様が覚醒されたのを感じましたので」

「凄いね……」

小首を傾げてなんでもないことのように答えるバレッタに、俺は若干恐怖を感じながら賞賛を送る。

「はい、私はパーフェクトメイドですので」

バレッタはニコリと微笑んで言ったが、アンドロイドのせいか笑顔が作り物じみていて、なぜか背中にゾクリと寒気が走る。

ま、まぁ……大丈夫だろう。

一抹《いちまつ》の不安を覚えつつ、内側からカバーを開けるボタンを押して起き上がり、体を捻《ひね》ったり、肩を回したりしてみた。

なんだか体が軽いし、スッキリしている。

それに寝ても取れなかった疲れが取れているようだ。

こんな感覚は久しぶりだ。

痛めていた腰も問題ないし、起きた時の気怠《けだる》さや頭痛などもない。

これが治療とやらの成果なのだろう。

「いやぁ、体が軽いね」

「どうやら全て問題ないようですね」

「おう、ありがとう」

「いえ、メイドとしてご主人様の体を万全に管理するのは当然のことです」

言葉の一部分に力が入っていたような気がするけど、深入りするのはやめておこう。

治療以外のことをされていなければいいけど……

それより腹が減ったな。

「ご案内いたします」

「え!?　俺なんか言ったっけ!?」

何も口に出していないのに、バレッタからそんなことを言われて思わず問い返す。

「いえ、メイドは言われずとも主の気持ちを察するものですので」

「ちなみに要望はなんだと思う？」

そう言われても信じられないので一応確認する。

「食事です」

「合ってる……」

ぴたりと当てられて俺は息を吞んだ。

何、この娘《こ》!?　優秀だけど怖いな！

俺はバレッタに戦慄《せんりつ》しながらも、モゾモゾとカプセル型のベッドから身を乗り出す。

ふと見ると、奥のガラスっぽい材質の壁に見慣れないシルエットが映っていた。

「え？　誰だよこれ……」

俺と同じ動きをしているその人物は、俺に似ているが、顔はかなり整ったものになっていて、樽《たる》のように出っ張っていた腹は引っ込み、全体的に格闘技の選手みたいに引き締まった体つきだった。

その上、外見の年齢は二十代半ばまで若返ったようだった。

着ているスーツもなぜか体形に合っていて不思議だ。

「外見や体形もケンゴ様の理想に近づけさせていただきました」

「マジか……」

バレッタの言葉を信じるのであれば、映っている人物はどうやら俺らしい。

まさかカプセルに入っただけでここまで変わってしまうとは驚きだ……

まぁカッコよくなったわけだし、悪いことじゃない。

これ以上考えても仕方がないか。すぐには無理でも徐々にこの姿にも慣れるだろう。

「それでは食堂に参りましょう」

しばらく止まって考え込んでいたら、バレッタに呼びかけられたので慌てて後を追った。

「お待たせしました」

食堂に入って席に座ると、三分ほどバレッタが奥に引っ込んだ後、カートに食事を載せて戻ってきた。

「え!?」

出された物を見て俺は驚いた。

それは、もう食べられないと思っていたメニュー。

ワカメと豆腐《とうふ》の味噌汁に、納豆《なっとう》、焼き鮭、漬物、山盛りのご飯。

馴染みある焼鮭定食だった。

俺が今食べたいと思っていたメニューぴったりで、またしても思考を読まれたのだと驚く。

「申し訳ございません。ケンゴ様が食べたい素材と完全に一致する物がありませんでしたので、今ある食材で出来るだけ再現させていただきました」

「いやいや全然いいよ！　見た目はほぼまんまだし、大事なのは味だしね。早速食べさせてもらうわ」

「お口に合うといいのですが……」

不安そうに見つめるバレッタをちらと見て、俺は意を決して味噌汁らしき液体に口をつける。

「美味《うま》い……」

出汁《だし》も味噌も完全に再現されていて、ワカメの磯《いそ》の香りや豆腐の豆の味わいもきちんと感じられる。

むしろ日本でさえこんなに美味《おい》しい味噌汁を飲めるところがあるだろうか、というくらいに美味い。

無心になって他の料理にも手をつけるが、どれも文句のつけようがないくらいの美味さだった。

気づけば俺はあっという間に平らげていた。

山盛りごはんも量がちょうどいい塩梅《あんばい》だった。

「ごちそうさま。美味かったよ」

「お口にあったようで何よりです」

バレッタは嬉しそうに頬を染めてから頭を下げた。

そして、サッといなくなったかと思えば、彼女は湯呑みらしきものを持って戻ってきた。

まさか緑茶か!?　そんなものまで再現してくれるとは……本当に気が利くな。

緑色の液体をズズズと啜《すす》るように飲むと、それは確かに緑茶の味がした。

「しばらくすることがないと思うから、好きにしてていいぞ」

「分かりました」

俺はバレッタを下がらせ、お茶を飲みながら物思いに耽る。

身の安全が確保されると、気になるのは今後のことだ。

何も決めないと、このままここでダラダラと過ごし、引きこもりのダメ人間になってしまう。

食料庫には腐るほどの食べ物があった。確認した限り、多分死ぬまでここで暮らしてもなくならないと思う。

中に納められている品物の時間は止まっているって話だったし。

やっぱりここを出るための目標が何か必要だろう。

まず絶対にやりたいのは、あのクソ王への復讐《ふくしゅう》。

殺すのは嫌だけど、再起不能になるくらいには仕返ししたい。

あとは高校生諸君に羨ましがられるような生活をして、あの時馬鹿にされた分、ざまぁみろって言いたいな。我ながら小さいことだけど。

それから転移前に考えていたように冒険者になりたい。ランクのシステムがあるようなら、目標は大きく最高位だ。

現状の能力じゃ厳しいだろうけど、やるだけやってみたい。無理そうならここに篭《こも》ろう。

そして、国王の話だとどうせ日本には戻れないだろうし、彼女というか、嫁が欲しい。

そして何より我慢しないこと。これがこの世界での俺の信条になるだろう。

やりたいことはやるし、やりたくないことはやらないとハッキリ言う。日本で我慢してきたんだ。異世界でまで我慢する気はない。

なんにせよ、これらの目標を達成するためには、まずはこの『奈落』から脱出しないとな。

でもあの化け物は倒せるのだろうか。バレッタにでも聞いてみるか。

「問題ありません。こちらをお使いください」

すると、突然バレッタの声が背後から聞こえてドキッとする。

俺の心を読むのは心臓に悪いのでやめてほしいんだけど。

差し出された物に視線を落とすと、それは腕輪だった。

「これは？」

「私どもの文明でエイダスと呼ばれるものです。こちらを使えば、この星の生き物程度の攻撃では傷一つ受けないでしょうし、当艦への帰投も問題なく行えます。サポート内容や使用方法は、身につければ直接脳にインストールされます」

「分かった」

俺はエイダスを受け取って左腕に装着する。

腕輪は自動的にサイズ調整され、ピッタリのサイズになった。

その瞬間、グラッと少し目眩《めまい》がした。

脳内に腕輪の使用方法が一気に流れ込んできて、処理しきれなかったらしい。

その機能を確認していると、中にめちゃくちゃ気になるものがあった。

それは『インフィレーネ』という名の武装。

「インフィレーネ、顕現《けんげん》」

インストールされた使用方法に従って言葉を発すると、俺の周りに無数の鋭利《えいり》な八面体が浮かんでいた。

その瞬間、俺はあまりのかっこよさに言葉を失った。

インフィレーネは、所有者の意思で操ることが可能だ。本体ごと敵にぶつけたり、先端からビームを出したりすることができる武器だった。

他にも、三つ以上を組み合わせることで障壁を作ったり、さらに数を増やせば、覆った場所を守る結界を作ったりすることもできる。

そのうえ、結界内の空気の状態や気温を管理して生きるのに最適な環境を保つことも可能だ。

ビームの攻撃力は魔導次元弾《まどうじげんだん》という兵器と同等で、防御力も魔導次元弾でも傷一つ付かない、という説明があったが……

魔導次元弾が分からないので、それはおいおい理解することにしよう。

でもバレッタの言葉通りなら、かなりの攻撃力と防御力を備えていることは確かだ。

それに顕現していない時も見えていないだけで、周囲に展開していて、不可視の攻撃さえ可能らしい。

それを応用して自分の姿や匂いや体温なども覆い隠して、自分の存在を見えなくすることもできる。この武器さえあれば、当面戦闘には困らなさそうだ。

また、サポートシステムである、エイダス本体は、子機を身に付けている仲間や船と通信が可能で、食料庫、倉庫からのアイテムの取り出し、収納等の機能がついていた。

さらには使用者本人は、どこからでも船に転移できる。

まぁでもあくまで船に戻れるだけでどこにでも行けるわけじゃないんだがな。

船にあった、転送室が使えるようになれば、一度行ったことがある場所に飛べるようになるので実質転移魔法と変わらない運用ができるようになる。それまでは我慢だ。

これで心配はもうないかな。

最悪問題が発生したら戻ってくればいいし……

「それではお見送りいたします」

「分かった」

俺は案内に従って食堂を出て、搭乗口《とうじょうぐち》へと向かう。

「そういえば、ドックの入り口の扉って閉まるの？」

「はい、ケンゴ様が念じれば最初の状態に戻ります」

「なるほど。それと、俺はここに転送装置っぽい物で飛ばされてきたんだけど、それを他の人が使えないようにできる？」

「はい、すでにここはケンゴ様の持ち物です。正面から隠し扉のある小部屋まで入ってくることは可能ですが、もうケンゴ様の意思を無視してこの敷地内に入ることは誰にもできません」

なるほど。それならこの船は乗っ取られる心配もなさそうだな。

「分かった、ありがとう」

「それではいってらっしゃいませ」

「いってきます」

憂《うれ》いを解消できた俺は意気揚々《いきようよう》と船を後にした。


最初の部屋に戻り、閉まるように念じると、ドックへの道が自動的に閉まった。

来た時と全く同じ状態だ。

「ふむ、仕組みが全く分かんないなこれ」

ここに扉があるとは、どこをどう見ても分からない。

偶然見つけられた俺は本当に運が良い。

さて、早速あの怪物相手にインフィレーネを試してみるとするか。

怖いけど、この星の生物の攻撃は効かないって言っていたし、階段からちまちまやれば問題ないよな？

そんなことを考えながら俺は階段を上り始めた。

——キンッ！

階段を三階分くらい上がった頃だろうか。

硬い物同士がぶつかり合うような甲高《かんだか》い音が聞こえた。

まさか⁉　あの巨人と戦っているやつがいるっていうのか？

ここは誰一人帰れないほどの場所だって話なのに、よくもまぁ来たものだ。

俺は急いで階段を駆け上った。

そこでふと、結構本気で走ってるのにあまり息が上がらないことに気づく。

「思った以上に体が動くな。こりゃすげぇや！」

俺は体の変化に興奮してつい叫んでしまった。

階段を上りきって音のする方に目を向けると、そこでは一人の剣士らしき人物が、あのヘカトンケイルもどきと激しい戦いを繰り広げていた。

縦横無尽《じゅうおうむじん》に繰り出される複数の拳を掻い潜りながら、隙を見ては体を切りつけている。

しかし、傷は一瞬で再生され、剣士はダメージをほとんど与えられていないようだ。

一方剣士の方はすでに血だらけ。

かなりの傷を負っているように見える。

ポーションや魔法薬を持っているのかもしれないけれど、一人みたいだから飲む隙がないのだろう。

ヘカトンケイルもどきは、剣士のそんな様子を見て楽しそうに笑っている。

これは助けに行った方がいいのだろうが、いざとなると、恐ろしくなってしり込みしてしまう。

俺は少し様子見しようと階段から顔を出して、観戦を続ける。

もし本当にヤバそうなら手を貸そう。

どれくらいあの敵に俺の攻撃が通用するかは知らないけど。

バレッタが大丈夫だと言っていたから、時間稼ぎくらいはできるだろう。

それから数分間、ギリギリの戦いを見ていたが、ついに剣士が攻撃をミスして、その隙に巨大な拳がぶち込まれた。

血を流しすぎたせいか、限界が来ていたのだろう。

——バキッ
木が折れるような音が、こちらまで聞こえるほどの大きさで鳴り響いた。

そのまま剣士はゴミのように吹き飛ばされ、地面を転がり、最終的に壁へと激突した。

「ガハッ!?」

剣士は血を吐き出し、ガックリと項垂《うなだ》れるようにズリズリと地面へと落ちた。

これは流石にまずい！

「大丈夫か!?」

俺は剣士のもとに走り出す。

怖いのに体が勝手に動いていた。

「来ちゃ……ダメよ……」

ボロボロになった状態で、剣士が顔を少しだけこちらに向けて言った。

戦っている時は距離が遠くて気づかなかったが、絞り出されたその声は、女性のものであった。

俺が走ると同時にヘカトンケイルはトドメを刺そうと、彼女に迫って拳《こぶし》を振り下ろそうとする。

くそ、間に合うか⁉

俺は、彼女の制止も聞かずに必死に足を動かす。

あと五メートル。

ヘカトンケイルの拳が頂点に達した。

あと四メートル。

巨体からは信じられないほどの俊敏《しゅんびん》さで、ヘカトンケイルが拳を繰り出した。

「間に合えぇえええええええ！」

俺は思い切り叫んで力の限り走ると、拳の前に飛んだ。

「守れ！」

彼女の前に降り立つと、俺は体の前にインフィレーネの障壁を展開した。

シールドに拳がぶち当たった衝撃にビビッて、思わず目を瞑《つぶ》る。

――ベキベキベキッ
何かが砕ける嫌な音が聞こえた後、ヘカトンケイルが悲鳴に似た叫びを上げた。

「ギャアアアアアアアアアアッ！」

恐る恐る目を開けると、怪物の四本の右腕全ての手の指が、変な方向に曲がっていた。

しかし数分と経たず、その折れた指が修復されていく。

シールドは有効だった。ここで畳みかければ、勝てる！

「貫け！」

俺は立ち上がって、インフィレーネに指示を出す。

シールドに使っているインフィレーネの機体以外の全てが、俺の意思によって同時に突撃した。

ヘカトンケイルは、あちこちから飛翔《ひしょう》してくる機体の攻撃を対処しきれず被弾《ひだん》する。

その攻撃は、剣士の剣では軽い傷を作るのがやっとだった皮膚《ひふ》を容易に突き破った。

そのまま身体の反対側から出てくると、Uターンして、また怪物の体を貫いた。

ヘカトンケイルは、複数の機体の猛攻に堪《たま》らず虫を払うような素振《そぶ》りをするが、機体は意に介さずに飛び回り、その身体を刺す。

一分もすると巨人は膝を突き、さらに数分経過すると、ズシンと体を横たえて、全く動かなくなった。

「なんとか倒したか……」

俺は、安堵しつつ後ろを振り向く。

だが、そこにはもはや、か細い呼吸をするのがやっとの少女の姿。

目は虚《うつ》ろで、死神のお迎えが来ている状態だ。

遅かったのか⁉　間に合わなかったのか⁉

「お、おい！　しっかりしろ！」

俺は不安になって駆け寄り、必死に声をかける。

「私は……置いて……いきなさい……」

その呼びかけに、女剣士は聞き取るのも難しいくらい小さい声で途切れ途切れに応えた。

「そんなことできるかよ！」

死にそうな人を放って先に進めるほど、俺は薄情じゃないし、物分かりも良くない。

それに、以前の俺ならやれることはなかったが、今の俺には助けられる力がある。

絶対に助けてみせる！

「いいから……この傷じゃ……どのみち助からないわ……ゴポッ」

血を吐きながらも、頑《かたく》なに助けを拒む剣士。

「しゃべらなくていい！　ちょっと待ってろ！」

俺は彼女を黙らせると、エイダスを使って倉庫で見つけていた治療薬を急いで取り出し、飲ませようとする。

しかし、彼女にはもう飲む力も残っていないらしい。

体内に入っていかずに口から溢れ、治療薬が地面にシミを作っていく。

くそ！　こんなことなら最初から加勢していれば良かった！　そうじゃなくても、俺自身が走るんじゃなくて、インフィレーネを飛ばして援護することだってできたんだ！

どうして俺は……

心の中に後悔が溢れ出す。

しかし、その後悔を振り切って、俺は顔を上げた。

「くそ！　まだだ！」

女剣士を抱きかかえるようにしてゆっくりと横たえた後、治療薬を口に含む。

おっさんにこんなことされるのは嫌だろうけど、救命活動ってことで勘弁してくれよ。

俺は心の中で謝ってから剣士に口づけをした。

そのまま、治療薬を無理やり女剣士の口の中に流しこんだ。

吐き出されることもなく、徐々に彼女の体内に治療薬が入っていく。

ある程度飲ませた後、俺は安堵しながら口を離した。

治療薬が取り込まれて少し経つと、女剣士の体がぼんやりと光り出す。

切り裂かれた外傷が、目に見えて分かるレベルで急速に塞《ふさ》がっていった。

「ふぅ。良かった。あと一息だな」

この調子で全部飲ませれば、完全回復するだろう。

瓶の中身が全て無くなるまで治療行為を繰り返し、最後の一滴を流しこんだ。

これで大丈夫なはず。

そう思って、再び口を離そうとしたその時、ドンッと顔面に衝撃が走った。

「うわっ！　急に起き上がるな――」

衝撃で尻餅を突いた俺は思わず非難しようとしたのだが――

「何してるのよ！　この変態！」

女剣士の甲高い声にかき消されてしまった。

インフィレーネで守られていたため顔がぶつかっても痛みはないのだが、反射で頭を押さえる。

顔を上げると、女剣士がこちらを睨んで口元をゴシゴシと拭《ぬぐ》っていた。

こっちは良かれと思ってやったのに、ショックだ……

分かっていたこととはいえ落ち込んでしまう。

だが、ヘコんでばかりもいられない。

気づけば、彼女は拳を振りかぶって、今にも殴りかかってこようとしていた。

はっ!?　これはマズい！

俺は手を前に出して弁明しようとした。

「ちょっと待て！　話を聞いてくれ！」

「問答無用！」

しかし、女剣士は止まることなくそのまま俺に殴りかかってくる。

「ハアーッ！」

——ガキンッ
インフィレーネの障壁《しょうへき》が彼女の攻撃を防いだ。

巨人に対して展開したシールドと異なり、迎撃するものではなく、ただ俺にダメージが通らないようになっているだけだ。

だが興奮している女剣士は、攻撃が通じていないことに気づかず、ひたすら拳をぶつけてくる。

「な、なぁ、まず落ち着こうぜ？」

——ガキンッ

「俺はお前を助けただけなんだよ。本当だぞ？」

俺の言葉など無視して、女剣士は無言で拳をぶつける。

――ガキンッ
「お前さっきまで何してたか覚えてないのか？」

一瞬動きを止める女剣士。

「ほら、思い出してきただろ？」

俺が諭《さと》すと、彼女は拳を下ろした。

だがモヤモヤしているのか、地団駄《じだんだ》を踏み始める。

「どうして私が殴っても傷一つないのよ！」

俺はようやく攻撃が止まったことにホッとしつつ肩を回した。

「お、お前本気で殴ってただろ！ 俺じゃなかったら今頃ボコボコになってるぞ！」

「当然でしょ！ 私の唇《くちびる》を奪っておいて、よくもぬけぬけと。死罪に決まってるでしょ！」

死の淵《ふち》を彷徨《さまよ》っていたころの記憶が曖昧《あいまい》なのだろう。

とんでもない勘違いをされていた。

「違うって！ 自分からこんなこと言いたくはないが、俺は命の恩人なんだぞ！」

こっちも濡れ衣を着せられたことに、段々イラつき、俺は語気を荒《あら》らげる。

「そんなわけないで……ってあれ？」

そこで落ち着きを取り戻したのか、女剣士はきょとんとした表情になる。

そして俺の後ろにある怪物の死体を見て、顎に手を当てて独り言をブツブツ言い始めた。

「そうだわ……私はあいつと戦っていて、攻撃をもろに食らって吹き飛ばされたのよね。それで意識が朦朧《もうろう》としている時に、誰かが近づいてきて……もう自分はダメだから逃がそうと思ったんだっけ。もしかしてそれが……あなた？」

俺は頷く。

それから彼女は自分の身体に目を向けて驚愕する。

「そういえば……私の身体、治ってる……」

女剣士が体のあちこちを触って確認し始めた。

ひとしきりそうした後、ポカーンとした表情で俺に向かって一言。

「本当に助けてくれたっていうの？」

ようやく理解してくれたみたいだ。

それまで罪人のように扱われていた俺は、思わずつっけんどんに言った。

「さっきからそう説明してるだろ？」

「そ、そう……ありがと……」

彼女は頬をほんのりと朱に染めて、プイッとそっぽを向いた。

さっきまでは全く余裕がなくて見れなかったが、俺は彼女の横顔に惹《ひ》きつけられた。

とてつもなく顔の整った女の子だ。作り物めいていたバレッタにも迫るほどだが、ちゃんと人間味がある。

まるで太陽のように輝く金髪をサイドテールに纏めていて、ちょっとつり上がった大きな真紅《しんく》の目と高すぎない小さな鼻、桜色のプックリした形の良い唇が妙に艶《つや》やかだ。

だが、その顔つきにはあどけなさが残っている。おそらく十六、七歳ってところだろうか？

綺麗《きれい》というより可愛いという言葉がよく似合う美少女で、俺の好みのタイプだった。

ところどころ破れているが、赤と白を基調としたスカートとブラウスのような服の上に胸当てなどの防具を付け、ひざ下まであるブーツを履いている。

緊急事態とはいえ、この子とキスしたのか……

そう思った途端、俺は急に恥ずかしくなった。

「い、いや、君みたいな可愛い子が無事で良かったよ」

脈絡《みゃくらく》なく、俺はしどろもどろになりながら変なことを口走ってしまう。

「へっ？」

少女が間の抜けた声を出した。

恐る恐る彼女の方を見ると、ボンっという音が聞こえるくらい、顔が一瞬で真っ赤になっていた。

「どうした顔が赤いぞ？　まさかまだ治ってないのか!?」

俺は慌てて彼女に迫る。

「近づかないで！　だ、大丈夫よ！　どこも悪くないわ！　むしろ調子良すぎるくらいよ！」

彼女は手を突き出して、俺を止めた。

そして顔を逸らしながら慌てて答える。

本当に大丈夫なんだろうか……治療薬はあんな超技術の船にある物だから信頼してるし、きちんと治ってるとは思うけれど……でもまだどこか悪くしているんじゃないだろうか？

「そんな顔して言われてもなぁ。説得力がないというかなんというか……」

俺は彼女の言葉が信じ切れず、ジッと見つめる。

「ほ、本当に大丈夫よ！　そ、それよりもまだ名乗っていなかったわね。私はリンネ・グラヴァール。リンネでいいわよ。冒険者をしているわ」

少女は話題を逸らすかのように、胸に手を当てて自己紹介を始めた。

「おお！　冒険者！　俺は健吾。突然ここにある小部屋に飛ばされてな。階段を上ってきたら、君とあの怪物の戦いに遭遇《そうぐう》したってわけだ」

そこまで意気揚揚と名乗れるなら元気なのだろうと、俺は自分を納得させた。

それより……やっと会えたぞ、冒険者！　これは今後の生活が俄然楽しみになってきた。

本物の冒険者を初めて見たことで、自分が異世界にいるのだと改めて実感した。

リンネと名乗った女剣士は、俺をジロジロと見ながら話し出す。

流石にこの世界に転移してきて国王によってここに追放されたとは説明しづらく、適当なことを言ったが……気づかれるか？

「ふーん、飛ばされた……ねぇ。それは転移の罠ね、あれって悪質なのよねぇ。よく無事だったわね……って、あんたなら大丈夫か。あの誰も倒せなかった化け物を倒せるくらいだし……深くは聞かないわ」

ジト目のまま話す彼女だったが、すぐに表情を戻した。

詮索《せんさく》されなかったことにホッとして、俺はリンネに尋ねる。

「そういえば、リンネはどうしてここに？」

「そりゃあ、冒険に決まってるじゃない！　未攻略のダンジョンを最初に攻略する。冒険者の醍醐《だいご》味《み》でしょ！」

なんとも冒険者らしい言葉が聞けたな。でも……

「それで死にかけたら世話無いけどな」

俺は腕を組んで、やや呆れた表情で彼女を見た。

「一人でも大丈夫だったわよ！」

「はいはい、そうだな」

「む〜」

俺がそのまま受け流すと、リンネは頬を膨らませて抗議する。

あまりの可愛さに思わず口元が緩みそうになったが、グッと堪えて話を続けた。

「それで、俺はここから出ようと思っているんだけど、君が入ってきた道を戻る以外に外に出る方法はないのか？」

彼女の体も心配だし、さっさと出られるなら出てしまいたい。

リンネが俺の質問に答える。

「そうね。ここが他のダンジョンと同じなら、ボスが倒されれば宝箱と入り口に転移する魔法陣が現れるはずよ……ほら」

まるでその言葉を待っていたかのように、タイミングよく、巨人の死体が消え、宝箱が出現した。

そして部屋の中心には魔法陣らしきものが現れ、淡《あわ》い光を放っている。

俺は宝箱の方に向かいながら口を開いた。

「そっか。そしたら宝箱を取ったら、ここを出るか」

リンネが俺の後に続いた。

「私も出るわ。次にボスがいつ出るか分からないし」

「また挑むつもりかよ」

「当然でしょ。次はもっと強くなってから挑戦するわ」

彼女が不敵に笑った。

死にかけたっていうのに懲《こ》りないことだ。

俺は呆れて苦笑いを浮かべる。

「さてと……んじゃ、負ぶされ」

俺はしゃがんで彼女に背中を差し出した。

「は？」

リンネの動きが固まる。

俺は前をリンネを振り返りながら言う。

「いやいや、あれだけ血を流してるんだ。本調子じゃないだろ？　おぶってやるよ」

あれだけの大怪我の後だと、立っているのも辛いはずだ。

「え⁉　いやいや、大丈夫よ！　元気よ、元気！」

彼女は慌てたように力こぶを作って、俺に見せる。

これは無理してるな？

俺は再びリンネを促す。

「ほら、気を遣わなくていいから早くしろ。あ、おんぶが嫌だったか？　お姫様抱っこにするか？」

「お、お姫様抱っこ……」

お姫様抱っこと聞いてから彼女はどこか遠くを見つめ始めた。

再び彼女の動きが止まる。

まぁ、本人も大丈夫って言っているし、無理強《むりじ》いするもんでもないか。

そもそも初対面の男にそんなことされたくないだろうし……

「よし、じゃあ普通に歩こう」

そこで俺が立ち上がろうとすると――

「あ、いえ、いいわ！　お姫様抱っこさせてあげる！」

リンネが俺の正面にやってきた。

「へ？」

てっきり触られたくないと思っていたんだが……

俺が戸惑っていると、彼女は腕を組んで仁王立《におうだ》ちをした。

「だ～か～ら～、お姫様抱っこさせてあげるって言ってるの！　この私をお姫様抱っこできるんだから、光栄に思いなさいよね！」

逆に気を遣わせてしまったか……申し訳ないことをしたな。

極力身体に負担をかけないように横抱きにして連れていこう。

俺は慎重に彼女を持ち上げた。

「キャッ⁉」

リンネは可愛らしい悲鳴を上げると、俺の首に手を回す。

予想以上に軽くて小さく、改めて女の子なんだと実感した。

よくこんな小さな体でここまで来たもんだ。

血の滲むような努力、なんて言葉じゃ生ぬるいくらいの努力をしてきたんじゃないだろうか。

ふと彼女の顔を見ると、借りてきた猫のように大人しくしていた。

「ん？　どうした？　大丈夫か？」

「え⁉　も、問題ないわよ！」

心配になって顔を覗き込むと、一瞬驚いて俺を見上げた後、すぐに俯いた。

もしかして顔を見るのも嫌なのか……悲しい……

でも今は俺の気持ちより彼女の体調が優先だ。

「そっか、じゃあ行くか」

「ええ……そうじゃない……これはそういうんじゃないから……」

リンネに声をかけてから、俺は宝箱に向かって歩き出した。

彼女は返事をした後、何やらブツブツと呟いていた。

宝箱は胸くらいまでの高さがある大きくて豪華な装飾がついたものだった。

俺たちが近づくと、蓋《ふた》がゆっくりと勝手に開く。

中には金銀財宝が敷き詰められ、その隙間から装飾品や武具の類《たぐい》、それから数冊の本がその姿を覗かせている。

「すげぇぇ！」

俺は思わず声を上げた。

「流石誰も踏破したことのなかった難関ダンジョンね！　見たこともない武器や防具、スキル書まで！　これほどのレベルのお宝は私でも見たことがないわ！」

リンネも先ほどまで心ここにあらずだった様子から一転、目を輝かせている。

まぁ、俺とリンネでは驚いている点が違いそうだがな……

俺は財宝が詰まった宝箱の存在そのものに圧倒されているのだが、宝箱自体は見慣れているリンネにとっては、その中身の質の高さの方が関心事なのだろう。

「感動に浸りたいところだけど、仕分けとかは後にしてさっさとここから出よう」

俺がリンネに提案すると、彼女が首を傾げた。

「お宝はどうするのよ？」

「まかせろ」

不思議そうに俺の顔を見上げるリンネの前で、俺はエイダスに宝箱ごと詰め込んだ。

その行動を見たリンネが目を丸くする。

「え⁉　あなたマジックバッグを持っているの？」

マジックバッグといえば、鞄《かばん》の中に空間魔法があって、見た目以上に収納できる、異世界ものによくあるアイテムのことだろう。

「まぁね。鞄じゃなくて腕輪だけど」

俺が詳細は伏せつつ答えると、リンネが感心した声を出した。

「ふーん。まぁまぁやるじゃない。もちろん私も持ってるけど！　でもこれ、お金じゃ手に入らないくらい出回らないのよ。世界中で百もないいんじゃないかしら？」

「へ、へぇ……マジか……」

ちょっと得意げにしていたが、リンネの言葉にぎょっとする。

そうなのか。それは極力隠しておいた方が良さそうだ。

これ見よがしに使っていると、次々にトラブルが舞い込んできてしまう可能性が高い。

それにしても、リンネはこれに似たような物を持ってるのか。

ここに来られるくらい強かったり、マジックバッグを持っていたり、リンネもかなり強いんだろうな。一体何者なんだろうか？

「そんなことも知らずに、そのアイテムを使っていたの⁉」

リンネが信じられないといった表情を向けた。

「い、いや、俺がいたところはだいぶ田舎《いなか》でね」

少し考え事をしているところに突然突っ込まれたせいで、俺は苦しい言い訳をしてしまう。

「ふーん」

「と、とにかくここから出よう」

俺は疑うように見つめる彼女の視線に耐えきれず、魔法陣へと向かった。

言語理解を通して魔法陣を読み取ると、『ダンジョンの外への脱出』という機能があることが分かった。

俺はリンネを抱えたまま、すぐに魔法陣に乗った。

第三話　奈落を抜けて

魔法陣で転移していた先に広がっていたのは、何もない砂漠《さばく》だった。

「マジかよ！　辺り一面砂ばかりじゃん！」

キョロキョロと見回しながら、俺は声を上げた。

他に目に入ったものといえば、ピラミッド型の建造物。それから、その周りに不自然に生えた、温暖な地域で見られそうな木が何本かあるだけ。

これがあのクソ国王が言っていた『奈落』の本来の入り口なのだろう。

俺の感想に応えるように、リンネが事も無げに言った。

「そうなのよ。別名死の砂漠って呼ばれてるわ」

「なんだそれ。めちゃくちゃ物騒《ぶっそう》な名前だな」

俺は眉を顰《ひそ》めた。

「私くらいの冒険者じゃないと、ここまで来るのも厳しいと言われているわね」

フフン、と自慢げに言うリンネ。

「マジかぁ……ちなみに街までの距離はどのくらいだ？」

「そうね。歩いて十四日ってところかしら」

「乗り物はないのか？」

「こんなところまで馬車を出すやつなんかいないわ。私だって歩きでここまで来たんだから」

確かにこんな何もないところに来るだけでも、マジックバックがなければ荷物はかなりの量になってしまうだろう。それにリンネとずっと一緒にいるならまだしも、彼女がダンジョンの中に入っている間は、護衛がいなければ生き残れない可能性が高い。

そのコストや命を落とす危険性を考えるなら、いくらもらっても割に合わないだろうな。

「そりゃそうか……どうするかなぁ」

そういえば、船の中を見学した時に使えそうなものを見つけたような……

「んじゃ、あれ使うか。一旦下ろすな」

「え、ええ……」

ふとあることを思いついた俺は、なんだか悲しそうな表情を浮かべるリンネを地面に下ろして、エイダスから目的の物を取り出した。

地面に置いたものを見て、リンネは目を丸くする。

「な、何よこれ⁉」

「これは魔導科学の粋を集めた自動二輪『レグナータ』だ。まぁ、馬みたいなもんだと思ってくれ」

俺は倉庫で見た時に書かれていた説明をそのまま彼女に伝えた。

これもインフィレーネ同様にめちゃくちゃかっこいいデザイン。

宇宙船と同じく近未来的なビジュアルで、真っ黒なカラーリングが俺の厨二心をくすぐる。タイヤ部分がフレームで覆われたバイクだ。

「それじゃ、早速乗るか」

俺はレグナータに跨《また》がって起動させる。

現代のバイクのようなエンジン音は皆無で、非常に静かだ。

「リンネ、後ろに馬みたいに跨ってくれ」

「だ、大丈夫なんでしょうね？」

振り返ってリンネに告げると、彼女は見たこともない乗り物に尻込みしているようだった。

意外と臆病《おくびょう》なところもあるんだな。

俺はシートの後ろを叩きながら言った。

「大丈夫だ。信じろ」

「わ、分かったわ」

リンネは俺の言葉を信じてくれたようで、モジモジしながら俺の後ろに跨った。

「しっかり掴まってろよ！」

俺は彼女がギュッと抱きついたのを確認すると、アクセルを回した。

スッとスムーズに進み出し、徐々にスピードを上げる。

砂漠でも全くタイヤが取られることもないし、バウンドしたり、揺れたりすることもない。

くわえて、前面はシールドで守られているため、ほとんど風や砂の影響を受けずに走れる。

ほんのり気持ちのいい風が体を撫でるだけだ。

「は、はや！」

リンネが興奮気味に言った。

「こりゃ気持ちいいな！」

運転性は申し分なく、気分も爽快《そうかい》。

最高な気分で砂漠をドライブしていると、突然地面が振動した。

何かが飛び出してくるのを察知して、俺は咄嗟《とっさ》にハンドルを切る。

後ろを振り返ると、そこには何十メートルもある大きなムカデが蠢《うごめ》いていた。

しかも次々と湧いてくる。

「あれはなんだ!?」

「あれはダルガリアン。別名砂漠の死神よ。ここが死の砂漠と言われる所以《ゆえん》の一つね。何十匹もの群れで、ここを訪れた者を喰らい尽くす獰猛《どうもう》なモンスターよ！」

確かに見るからに大きいし、恐ろしい。

だが、捕まらなければどうということもない。

「なるほどな！　だが甘い！　レグナータはまだその力の十パーセントも出してないぞ。いくぜ！」

俺はさらにアクセルを回す。

次第にダルガリアンの声は遠ざかり、どんどん距離が離れていくのが分かる。

「信じられない……もうあんなに小さく」

ダルガリアンに視線を向けているだろうリンネがそう呟いた。

呆然とするリンネを尻目に、俺はレグナータをさらに加速させた。

しばらくするとリンネもこの速度に慣れたようで、走りながらこの世界のことを色々聞かせてくれた。

初歩的なこの世界の仕組みを聞いた時は、「なんでこんなことも知らないのよ！」と繰り返し怒られてしまった。

だがそのおかげで、だいたいこの世界のことが分かった。

話を聞く限り、一日は二十四時間。一週間は七日。一カ月は三十日という地球とほぼ変わらない便利仕様だった。

お金の価値も、銅貨が百円くらいで銀貨が一万円くらい、金貨が百万円くらいと分かりやすい貨幣単位になっている。

それから、人間の他にもエルフやドワーフ、獣の耳や尻尾を持つ人種である獣人、それと多種多様な姿を持つ魔族などの種族がいるという話も聞けた。

まさに俺が思い描くファンタジー世界って感じだった。

何よりリンネとの会話が楽しかった。


気づけばあっという間に砂漠を越え、森も抜けて、少し日が傾いた頃には目的の街がハッキリと見えるところまで辿り着いた。

街はかなり大きく、高さ十メートル以上はある立派な城壁に囲まれていた。

壁の幅は、数キロにも及びそうなほどだ。

「デカイな」

街の入り口を目の前にして、俺は感嘆した。

「首都だからね」

「一番近い街って首都だったのか」

なるほどな。

街について聞くと、俺が召喚されたヒュマルス王国から結構離れた場所であることを知った。

ここは冒険者の国アルセリオンの首都らしい。

それにしてもあの腹黒国王は『奈落』の存在は知っていても、別の国にあることまでは知らなかったみたいだな。まぁ、今まで誰も帰ってこなかったっていうなら分からなくもないか。

これなら国王に気づかれずに力を蓄えることができそうだ。

死の砂漠を抜け、街道に入ってからはレグナータに乗っているのがバレないように、インフィレーネでバイクごと隠して進んできたが、今は二人で並んで歩いている。

街の傍まで来たら徒歩で十分と思い、レグナータはしまったのだ。

まだリンネは本調子じゃないと思い、お姫様抱っこをしようと提案したのだが、嫌がられてしまった。

そうこうしているうちに、街の入り口の門まであと百メートルほど。

そこで俺は大事なことに気づく。

「そういえば俺、身分を証明する物とかないけど、大丈夫か？」

「はぁ!?　今までどうやって生きてきたのよ!?」

何度聞いたか分からないほどのリンネの素《す》っ頓狂《とんきょう》な声が響く。

「気合いで」

ややこしくなりそうなので、俺が適当に応えると、リンネが眉間《みけん》を押さえた。

「はぁ……分かったわ……まぁ、私がいるから大丈夫でしょ」

「リンネこそ、一体何者だよ」

「そのうち分かるわよ」

自分がいれば問題ないと意味ありげに微笑みながら、リンネは門の方へ向かう。

その後に付いて俺は再び歩き出した。

彼女の正体が気になるところだが、大丈夫って言うなら任せるしかないだろう。

リンネが向かったのは、人々が並んでいる入り口ではなく、誰もいないもう一つの入り口だった。

「おい、あれリンネ様じゃないか？」

「あぁほんとだ！　すげえ！　今日もカッコイイな！」

「それな！　強くて美しいとか反則だよな！」

道行く人がリンネをジロジロ見ながら話しているのが聞こえる。

アイドルみたいだ。かなり有名人なんだな。

「それにしても、あのリンネ様の隣の不思議な服を着たイケメンは何者だ？」

「まさか男か？」

「孤高の剣の女神のリンネ様が、親衛隊以外の誰かを連れていたのを見たことあるか？」

「いや、ないな」

リンネの隣のイケメン……？

あぁ！　そうか、そうだった。今の俺は見た目が変わっているんだった。

あまりにも色々なことがありすぎて忘れていた。

まだしばらく慣れそうにないな。

それにしてもリンネが孤高の剣の女神？

剣の女神ってのはあの巨人との戦いを見てるから分かるけど、孤高ってなんだ？

まさかボッチなのか？

俺は親近感を覚えながら、ちょっと可哀想《かわいそう》な物を見るような目でリンネに視線を送った。

「何よ？」

「いや、別に？」

俺が誤魔化《ごまか》そうとすると、リンネが怪訝そうな顔をした。

「何か失礼なことを考えているような気がするわ」

「気のせいだろ」

なかなか鋭いな、リンネのやつ。

街の城門へとたどり着くと、衛兵がすぐに近寄って来て、緊張した面持《おもも》ちでビシッと敬礼を決めた。

「リンネ様、おかえりなさいませ！」

「ええ、通ってもいいかしら？」

「は、どうぞお通りください！　ちなみにそちらの方はどなたでしょうか？」

「私のツレよ。身分の保証は私がするわ。問題あるかしら？」

「問題ありません！」

「ありがとう」

兵士にめちゃくちゃ丁寧に対応されている。

特に厄介《やっかい》なことにもならず、俺はスムーズに通してもらえるようだ。

リンネが門番に優雅に礼を言った後、俺は軽く頭を下げた。

すげー！　顔パスで俺の身分保証もされちゃったよ。

街の権力者的なポジションに関係あるのだろうか？

感心しながら門をくぐり抜けると、そこにはまさにファンタジーの世界が広がっていた。

人間だけでなく、獣耳や尻尾を生やした獣人、二足歩行の獣、ドワーフ、リザードマン、背中に白い鳥のような翼やコウモリっぽい翼を持つ人なども歩いている。

多種多様な異種族が各々防具を装備し、武器をぶら下げている光景に俺は目を輝かせた。

俺が子供のように街の風景に見惚《みと》れていると、リンネが俺の数歩前で振り返り、花ひらいたような笑顔で言う。

「ふふっ。ようこそ冒険者の総本山アルクィメスへ」

「お、おお……」

その向日葵《ひまわり》のような温かい笑顔に、俺は思わずドギマギしてしまった。

「さて、まずは身分証を作るために冒険者ギルドへ行きましょうか」

「おお、案内してくれるのか？」

街に着いたらお別れかと思っていたけれど、一緒に行ってくれるんだろうか？

それならすごく助かるな。

俺はニコニコしながら彼女の答えを待つ。

「何がそんなに嬉しいのか分からないけど、案内してあげるからついてきて」

「おお、ありがとう！　リンネが優しい人で助かったよ！」

言ってみるもんだ。

感極まった俺は、リンネの手をギュッと握《にぎ》って、ブンブンと振り回した。

「と、とと、当然よ。このくらい！」

リンネはしどろもどろになっていた。

「あ、悪い！」

俺は急に手を握ったことを謝罪しつつ、咄嗟に手を放してリンネから遠ざかる。

リンネは俺から顔を逸らして――

「べ、別に良いわ。ほら、さっさと行くわよ！」

そう言うと、ドスドスと先へと進んでしまった。

あちゃー、まずったなぁ。機嫌を損ねてしまったか。

あとでなんかフォローしないとな。

俺は急いでリンネの隣に追いつく。

それにしても先ほどからリンネと俺の周りには一切人が近寄ってこない。

それどころか、リンネの歩く先がサァーッと左右に割れていく。

まるでモーセだ。

俺はリンネのボッチぶりに戦慄《せんりつ》した。

それから俺達は一切の会話もなく、冒険者ギルドへと向かうのだった。

第四話　助けた少女の正体は……？

アルクィメスの冒険者ギルドは、総本山というだけあって、かなり大きかった。

規模は大きめの総合病院くらいありそうだ。

建物はヨーロッパをイメージさせる造りで、入り口には古風なスイングドアが付いている。

俺達がドアをくぐると、室内の視線が一気に集まる。

リンネの登場にギルド内が一気に色めき立つと同時に、内部にいた人間は俺と彼女の関係を勘繰《かんぐ》るようにひそひそと会話を始める。

リンネは気にした様子もなく、ズンズンと奥へ進み、眼鏡をかけた受付のお姉さんの窓口の前に立った。

「いらっしゃいませ、リンネ様。本日はどのようなご用件ですか？」

「この人の冒険者登録をお願い。私はギルドマスターに挨拶にいってくるわ」

「承りました」

受付と話をつけた後、リンネは「また後でね」とだけ言って、ギルドの奥へと去っていった。

リンネがいなくなると、受付のお姉さんが俺に声をかける。

「冒険者登録を始めてよろしいでしょうか？」

「ああ、よろしく」

そしてお姉さんの言葉に頷き、登録を始めてもらおうとした矢先。

「それではこちらに――」

――バーンッ
けたたましい音とともにスイングドアが開かれる。

振り返ると、白銀の鎧を身に着けた集団がギルド内にゾロゾロと入ってきているのが見えた。

「おい、あれってリンネ親衛隊じゃないか？」

「マジかよ。最近かなり過激なことしてるって噂《うわさ》じゃないか？」

「そうそう。リンネ様に近づく輩《やから》は有無を言わさずに力で排除してるとか」

他の冒険者たちが、やってきた鎧の集団について話し出す。

なんだか聞く限りでは、リンネの親衛隊って割にはあまり柄《がら》がよくないみたいだな。

他人事《ひとごと》みたいに観察していたら、そいつらはこちらに向かって歩いてきた。

しかも俺を睨んでいるように見える。

厄介事の予感……

「おい、貴様が我らが女神であるリンネ様と一緒に歩いていた男か？」

鷹《たか》の目のように鋭い眼光をもつ彫《ほ》りの深いイケメンが話しかけてきた。

俺はただのしがないおじさんなので、その威圧感に思わず動揺する。

「そうだが、何か用か？」

しかし、そんな様子を見せるわけにもいかないので、毅然《きぜん》とした態度で返事をした。

「なぜ貴様のような下賤《げせん》の輩《やから》がリンネ様と一緒にいたのだ？」

男の言葉に俺はムカッとした。

なんでこんな奴に下賤《げせん》だと言われなきゃならんのか。

仕返しとばかりに、俺はそれ相応の態度で接することに決める。

「そりゃあ、彼女に案内してもらったからだが？」

だが投げやりに答えた途端、目の前の男は激昂する。

「そんなことを聞いているのではない！」

なんでこいつはこんなに怒っているんだ？

「はぁ……言ってる意味が分からないぞ？」

俺は狼狽《ろうばい》しながらこいつが怒っている理由を尋ねた。

「お前という汚《けが》らわしい存在が、世界にたった三人しかいないSSSランク冒険者であり、かつこの世でも類を見ないほどの女神の如き美貌《びぼう》を持つリンネ様となぜ一緒にいるのだ！　同じ空気を吸っているだけで烏滸《おこ》がましいというのに、なぜすぐにリンネ様の近くから去らなかったのかと聞いている！」

「いやいや、意味不明だろ。そもそもリンネから案内を――」

「リンネ様を呼び捨てにするな！」

謎の論理を展開したうえに、俺の言葉を遮《さえぎ》るイケメン。

俺は困惑する。

はぁ、こりゃクソ面倒くさいやつだな。宗教の信者みたいなものだろうか。

それにしても、リンネの意見を聞かずに行動するのはいささか行き過ぎだろう。

だが、こいつとの会話で一つ収穫もあったな。

リンネがSSSランク冒険者だったとは……

それなら周りの対応も頷ける。

こんな奴の口からよりも直接リンネから聞きたかったがな。

「いや、あんたこそ自分の行いを悔い改めた方が良いぞ。あんたの行為が著《いちじる》しくリンネの名前を貶《おとし》めていることに気付いた方がいい。あんたみたいなのを独りよがりって言うんだぞ？」

「きっさまぁ！　ふざけるなぁ！　呼び捨てにするなって言ってるだろうが！」

イケメンは堪えきれずに拳を振り上げる。

こいつの言動を聞いてついつい煽《あお》ってしまったが、俺も大人げないことをしたな。

「ストォオオオオップ！　ギルド内の揉め事は控えていただけますか？　ギルド会員証を剥奪《はくだつ》しますよ、ギルバート卿《きょう》。それと今はこの方の冒険者登録の手続きがあるので、邪魔しないでください！」

「うっ⁉」

すると、そこまで黙っていたお姉さんが声を張り上げて俺たちの諍《いさか》いを止める。

その語気に気圧《けお》されたのか、ギルバートと呼ばれたイケメンは拳を収めて大人しくなった。

それから少し考えてから、何か思いついたのか、途端にニヤリと口端《くちはし》を吊り上げる。

「それなら私が戦闘力を把握する模擬戦の相手をしますよ。これでもBランク冒険者なのでね。資格は十分でしょう？」

なるほどな、模擬戦で俺をぼこぼこにする腹積もりってことね。

いいだろう。受けて立とうじゃないか。

「いいえ、あなたには性格に不安があるので他の方にお願い――」

お姉さんがその申し出を断ろうとするのに被せて、俺は応えた。

「俺はこいつでいいぞ」

「え？」

お姉さんは俺の言葉を聞いて、理解できないという表情で間抜けな声を漏らした。

「ほう……いい度胸だな」

「あんたみたいなナルシストに負ける気はないからな」

「言うじゃないか。後悔するなよ！」

ギルバートは捨《す》て台詞《ぜりふ》を吐いて、その場を去っていった。

「本当に良かったんですか？」

絶対痛めつけられますよ、それでいいんですか、とお姉さんは目で訴《うった》えていた。

「ああ、問題ない。心配してくれてありがとう。優しいんだな」

だが、俺にはそうはならない自信があった。

あいつはBランクと言っていたし、リンネより強いはずがない。

それならまず俺が負けることはないからな。

それにあんなやつだと分かっていれば、心置きなくボコボコにできる。

インフィレーネの戦闘能力を把握するのにもちょうどいいだろう。

お姉さんが眼鏡の位置を直しながら言った。

「い、いえそんなことは……ギルド職員として当然の配慮です。それではこちらの用紙をご記入いただけますか。書けるところだけで構いません」

「分かった」

お姉さんはなぜかモジモジしながら登録用紙を差し出す。

その用紙を書き終えると、ギルドの奥の部屋へと通された。

——コンコン
そして石造りの控室に案内されて十分くらいだろうか。誰かが扉をノックした。

「どうぞ」

入って来たのは俺の冒険者登録をしてくれたお姉さんだ。

彼女の名前はキラリというらしい。案内されている途中に聞いた。

「準備が整いましたので、会場へ案内しますね。ただ……驚かないでくださいね?」

「え?」

キラリさんから意味深なことを言われて俺は戸惑う。

「ま、まぁ、とりあえず武器を選んでくださいね」

俺は思わずキラリさんの方を向くが、はぐらかされてしまった。

「……了解です」

これ以上ツッコんでも教えてくれそうにないので、俺は適当に木剣を選び、キラリさんの案内に従って会場に足を踏み入れた。


「どうしてこうなった……」

コロシアムのような造りの訓練場で、向かいでは既にギルバートがこちらを睨みながら立っていた。

ここまではイメージ通りだったのだが……

「「「「うぉおおおおおお！」」」」

予想外だったのは、訓練場に大量の席が用意されていて、その席が埋まっていることだ。

たかだか戦闘力を測るだけの模擬戦のはずが、訓練場内は満席。

街でリンネと話していた時は、単なる手合わせと聞いたが、もはや一大イベントになっている。

キラリさんの発言の意図が分かった。

なぜこんなにも人が集まったのかというと、リンネ親衛隊がやたらと広めたからだそうだ。

短時間だというのに、どんな魔法を使ったのか知らないが、訓練場は人で溢れかえっている。

それほどまでにリンネの注目度が高いということか。

「なぁ、おまえはどっちが勝つと思う？」

「俺はやっぱりギルバートかな。最近素行が悪いが、Bランクには違いない」

「確かになぁ。じゃあ俺は大穴であの男にでも賭けてみようかな」

「まじかよ。ガハハハ！」

くわえて、なぜか俺たちの勝負の行方を賭博《とばく》にする人が出る始末。

俺がコロシアムを眺めていると、ギルバートが悪党のような笑顔で言い放つ。

「よく逃げずに来たな」

「いや、ただの模擬戦で逃げる奴なんていないだろ」

俺はそっけなく返した。

これだけの観衆の前で痛めつけて、恥をかかせようという魂胆《こんたん》だろう。

大体、ここまで観衆がいるって知らなかったんだから、逃げようという考えになるわけがない。

「口の減らないゴミだ。せいぜい楽しませてもらおう」

「それは俺の台詞だ」

自分が圧倒的優位にいることを疑わない表情のギルバートに、俺はむしろ恥をかくのはお前だと思うぞ、と心の中で呟く。

俺とギルバートが対峙すると、審判が模擬戦の進行を始める。

「双方準備はいいか？　どちらかが参ったと言うか、気を失ったら終了。相手を殺すような攻撃は反則だ。いいな？」

ギルバートと俺は審判の言葉に頷く。

「分かっている」

「了解」

開始位置に立つと、それを確認した審判が手を上げた。

先ほどまであれだけ騒がしかった会場が静まり返り、ひりついた空気が漂う。

「はじめ！」

開始の合図と同時に審判が手を振り下した。

「どうした？　かかってこないのか？」

さっそくギルバートが俺を挑発する。

「そっちこそきたらどうだ？」

対して、剣をだらんと下げてやる気のない姿勢で答える俺。

「調子に乗るなよ！」

堪え性のないギルバートがすぐに飛び掛かってきた。

本当に煽り耐性がなさすぎる。

ギルバートが袈裟《けさぎ》斬りを放った。

——キンッ
しかし、奴の攻撃は呆気《あっけ》なく、金属同士がぶつかり合うような音と同時に弾かれる。

予想外の結果だったのか、観客席の人々がざわめく。

「お、おい……今の見えたか？」

「い、いや全く……」

「今……剣を振ったのか？」

「あの姿勢で……どうやって……」

「それどころかあいつ、一歩も動いていないぞ……」

どうやら観客たちはインフィレーネの障壁が攻撃を弾いたのを、俺がすさまじいスピードで剣を振って防いだと思っているらしい。

俺は何もしていないんだけど……まぁ、インフィレーネは他の人には見えてないからな。

「な、なんだと⁉」

ギルバートが驚愕して手を止めた。

俺が何もできず、木剣を受けると思っていたのだろう。

「どうしたんだ？　もう終わりか？」

俺が調子に乗って手のひらをクイッと誘うように動かすと、怒り狂ったギルバートが斬りかかってくる。

「きっさま～、手加減してやればつけあがりやがって！」

先ほどよりも速い攻撃。でも、それだけだ。

再びインフィレーネの無色透明の障壁がギルバートの剣を防ぐ。

その後もギルバートの連撃は続くが、その全てを難なく受け流す。

斬撃を防ぐ度に観客のざわつきが大きくなる。

「おいおい、あいつマジでやばくないか？」

「それな。剣の動きも体の動きも全く見えねぇ」

「どれだけ強くても、剣を振ってるとか、切りかかったとか、多少は見えるもんな」

「ああ。それなのに、あいつは構えるどころか適当に立ってるようにしか見えん」

実際何も見えなくて当然だ。

俺は本当にただ立っているだけなんだから。

観客が勝手に俺がとんでもない剣技を持っていると勘違いしているだけだ。

「ハァ……ハァ……クソッ……」

ギルバートは息が上がり始めていた。

「ふわぁ。眠くなる攻撃だな？　もっと強い攻撃はできないのか？」

「き、きさまぁあああああ！　もう許さん！」

欠伸《あくび》をしながら挑発したら、ギルバートは一旦離れ、腰だめに剣を構え始めた。

「はぁあああああ！」

彼が叫びながら力むと、剣に何やらぼんやりと光が灯る。

おお！　何やら楽しみな攻撃だ！

「そ、それは!?　やめるんだ！　それは新人に向けていい攻撃ではない！」

焦った審判が攻撃を止めようとするが、間に合わずそのまま俺へと振り注いだ。

「スマッシュ！」

ギルバートが掛け声とともに渾身《こんしん》の一撃を放った。

――カンッ
しかし、その斬撃は俺になんの効果を及ぼすこともなく、金属音が空しく響くだけで終わった。

「「「は？」」」

どこからともなくいくつもの間の抜けた声が上がり、会場が静まり返る。

「何が起きたの!?　わ、私にも全く見えなかったわ……」

リンネの声がぼそりと、しかし、はっきりと聞こえた。

ギルドの奥に行っていたはずだが、いつの間にか来ていたのか。

大方俺の実力を確認するためにこっそり見ていたのだろう。

まぁ、インフィレーネについてはリンネに説明しないままだったから、困惑するのも当然だが……

少なくとも俺がどう見ても剣のド素人《しろうと》だってことは見ただけで判断できるだろ！

「おいおいおい。あのリンネ様をもってしても、あの男の攻撃が見えないって言ったぞ？」

「俺も聞いた。マジであいつやべぇな」

「あいつのことはリンネ様が連れてきたって聞いたぞ。ということは、あの男、剣聖《けんせい》、いや……剣《けん》神《しん》だったりするんじゃねぇか!?」

「まさかそんな……いや……ありえるかも!?」

リンネの言葉が引き金となって、会場が一気に湧き出す。

対照的にギルバートは呆然《ぼうぜん》としていた。

そんな状況の中、俺はインフィレーネの使用感について考える。

やっぱりあの程度の攻撃なら問題なく防げるな。

なにせあの未踏破だったダンジョンのボスの攻撃を易々《やすやす》と防ぐくらいだ。こんな奴の攻撃なんて蚊《か》が刺すのと同じくらいだろう。

「さて、今度は俺から攻撃させてもらおうか」

俺はそうギルバートに声をかけた。

「ひっ!?」

一切の攻撃が効かない俺に恐れをなしたのか、ギルバードはそのかっこいい顔を醜《みにく》く歪めて情けない声を出した。

「参っ……ぐふっ」

させるかよ！

俺は降参しようするギルバートの言葉を遮り、インフィレーネを剣状に連結して振り下ろす。

遠隔操作なので、相変わらず一歩も動いていない。

他の人からは見えない斬撃がギルバートを襲っているように思えることだろう。

出力は一パーセントに留めた。百パーセントだとヘカトンケイルでも貫いてしまうからな。

——ドゴッ

「グハッ」

不可視《ふかし》の攻撃が、ギルバートの肩に当たり、陥没《かんぼつ》させるような衝撃が発生した。

ヤッバ……一パーセントでも強すぎるじゃん。

あれ、鎖骨が折れているな。

観客が三度《みたび》色めき立った。

「お、おいおいおい！　攻撃もやべぇ。肩に入ったってことは振り下ろしたんだろうけど、初動から一切見えねぇ」

「誰だよ。強くなさそうな男だとか言ったの。どんな奴よりやべぇだろ」

「あんなの誰も躱《かわ》せないぞ。いつどこから襲ってくるか分からない攻撃……『不可視の剣神』か」

「お、それいいな」

ただ遠隔操作で動かしてるだけの俺にとんでもない二つ名がつけられようとしていた。別に剣の腕は一切関係ないのだが……

実際には見えない剣状の物体がギルバートに当たっただけなんだよな……

またギルバートに絡まれるのも嫌なので、出力を下げてから追加で数回ギルバートにインフィレーネを叩きつけた。

最終的に、ギルバートは尺取虫《しゃくとりむし》のように尻を突き出したままうつ伏せで気絶してしまった。

その様子を見た審判が宣言する。

「試合終了！」

戦いが終わると、しばらく会場は剣神コールで沸いたのだった。

試合終了後、いかにも治療関係の人らしき女性がやってくる。

女性が何やら呪文を唱えると、ギルバートの怪我がゆっくりと治っていった。

そして、アザなどが綺麗さっぱりなくなった後、女性が別の呪文を唱えたら、ギルバートが目を覚ました。

別にここで起こす必要もないと思うんだけど、何か意味があるんだろうか。

そう考えていたら、観客席の一画からリンネが大声を張り上げた。

「聞きなさい！」

剣神コールがやんで、辺りは静まり返る。

ふぅ、恥ずかしいと思っていたところだったので助かった。

すると、リンネがその場で深く頭を下げた。

「私がいない間にどうやらリンネ親衛隊とかいう奴らが迷惑をかけたようね。その一因は私にもあるわ！　ごめんなさい」

観客達が騒然《そうぜん》とする。

なんでリンネが謝るんだろうか。

「今回の事態を引き起こした原因は、私が彼らとの関係をはっきりさせていなかったからだと思う。だからこれを機に言っておくわ。彼らは私の公認の集団でもなんでもないということを！」

リンネの宣言に対して、目を覚ましたギルバートが慌てて食い下がる。

「ど、どういうことですか⁉　リンネ様⁉」

「黙りなさい！　良い？　私があんた達の行動に何も言わなかったのは、三つの理由からよ。単に興味がなかったこと。私に害をなさかったこと。罪のない人に害をなさなかったこと。これに抵触していなかったから、何も言わなかっただけよ！」

「そ……そんな……」

リンネは続けてまくし立てる。

「でも、今回は違う。私が直々に連れてきたケンゴに対する所業、それに最近は色んな人に害を出しているようじゃない。到底見逃すわけにはいかないわ！」

「そ、それはリンネ様のことを思って……」

リンネの言葉に狼狽《うろた》えながら、ギルバートは言い訳を口にする。

「そもそも一度でも私からあんたに何かをしてほしいと頼んだことがあったかしら？　あんた達の活動を認めると言ったことがあったかしら？　いいえ、そんなことなかったわ。あんたたちは私の名を自分たちの都合のいいように利用していただけ。今回はケンゴに何もなかったから私からは特に処罰するつもりはないけれど、私の公認でもなんでもないってことだけは、しっかり覚えておきなさい」

リンネはそんなギルバートの弁解も聞かずに一息で言い切った。

なるほどな。リンネは人が集まってるのをこれ幸いと、彼女とリンネ親衛隊との関係をきっぱり否定するのに使ったわけか。

今まではリンネが何も言ってなかったので、ギルバートたちが彼女に活動が容認されていると勘違いしていたようだ。

そしてその勘違いの末、リンネの名を使って、彼女に近づこうとする奴らを誰かれ構わず暴力で排除しようとしたら、彼女の逆鱗《げきりん》に触れたという流れだったのか。

自業自得《じごうじとく》だな。

リンネは項垂れるギルバートを尻目に、観客に向けて手を叩く。

「さて、もう見世物は終わりよ！　撤収しなさい！」

観客たちがぞろぞろと訓練場から出ていく中、逆走するようにリンネが俺の方に向かってきた。

俺も彼女に近づいていく。

「迷惑かけてごめんなさいね」

観客席から降りてきて、しおらしく詫びるリンネに、俺は明るく応えた。

「いや、俺はこの通りなんともないし、あいつはボコボコにしてやったからな、スッキリしてるよ」

「そ、そう……優しいのね」

「なんか言ったか？」

俺から顔を逸らしながら彼女が何か言ったようだが、声が小さくて聞き取れなかった。

「ふふ、なんでもないわ。それよりもさっさと登録の残りを済ませて宿に行きましょう」

「ん？　ああ、そうだな」

クスリと笑って誤魔化すリンネを不思議に思いながら、俺は同意する。

この騒ぎで大分暗くなってきているし、そろそろ宿を取る必要があるだろう。

「行くか」

「ええ」

俺たちは連れ立って受付を目指した。

「まさかこの私がこんな屈辱《くつじょく》を受けることなろうとは……許さない許さない許さない許さない!!
あいつは絶対許さない！　覚えておけ！」
俺たちが闘技場を去る最中、訓練場に残されたギルバートの怨嗟《えんさ》のこもった声が耳に入ったが、
俺は気にせず先に進んだ。

第五話　冒険者デビュー

「それでは、こちらがケンゴ様のギルドカードになります」

受付に到着すると、既にキラリさんがギルドカードを持って待っていた。

「うぉぉおおおおおっ！　これがギルドカード！」

彼女からFランクのギルドカードを受け取り、俺は喜ぶ。

アニメや漫画が好きな男なら一度は夢見る、冒険者ギルドに登録した証《あかし》、ギルドカード！

素晴らしい、いい響きだ。

俺が透かしてみたり、掲げてみたりしていると、キラリさんが言いにくそうに切り出した。

「Bランクのギルバート卿を簡単に倒していたので、すぐにでもCランクまではランクアップできるんですが……」

「いやいや。いいよ、そういうのは。最初のうちは地道にランクを上げたいからな」

「そうですか。普通の人ならランクアップにはすぐに飛びつくんですけど、ケンゴ様は不思議な方ですね」

そう言ってキラリさんがニコリと笑った。

これまでクールな振る舞いが目についたこともあって、ギャップで物凄く可愛らしく感じる。

「痛っ⁉」

その時、突然腕に痛みを覚える。

隣を見ると、リンネが頬を膨らませて俺の腕をつねっていた。

「どうした？」

疑問に思ってリンネに確認してみるが、彼女は有無を言わさずに俺の腕を引っ張る。

「な、なんでもないわ！　それよりもギルドカードを受け取ったんだからさっさと行くわよ！」

「おっととっと⁉」

いきなり引っ張られた俺は、前につんのめりそうになりながら歩く。

受付を離れる俺たちに、後ろからキラリさんの声が飛んだ。

「あ、あのギルドの仕組みの説明などは⁉」

「リンネに聞いたから大丈夫だ！　ありがとう！」

俺は体勢を立て直すと、振り返って手を振りながらギルドを出た。


街を歩きながら、いまだ頬を膨らませたままのリンネに尋ねる。

「それで、どこ行くんだよ？」

「私が泊まっているところよ」

泊まっている、ということは家はないのだろうか？

俺は率直な疑問をぶつけた。

「SSSランク冒険者なんて地位なら家とか持ってるんじゃないのか？」

「あら、さっそく私のことを聞いたようね。そうね、ある程度ランクが上がった冒険者なら家を持ってるのが普通だわ。でも持ち家なんて管理とか考えると面倒じゃない？　それに自分の立場を象徴するものになるから、ランクに見合う家を買うか、造らなきゃいけないわ」

「そういうもんなんだな……」

「でも、私は色んな所を旅していることが多くてあんまり家に居つかない。それなのに家を持つのってものすごくもったいないじゃない？　それに家があると来客とかの対応も考えなきゃいけないし。冒険したいのにそんなことに時間を使うのは無駄！　っていうのが私の持論。その点、宿は楽なのよね～」

リンネにとっては冒険することが一番なんだな。

ただ、人を招くのが時間の無駄って……そんな風に人間関係に消極的だからボッチなんじゃ……

「あ、また失礼なことを考えてるんじゃないでしょうね？」

リンネが俺の心を読んでいるかのように目を細めて睨んでくる。

こういうことにはホント鋭いな……

「と、とにかく、そのリンネの泊まっている宿ってなんかすごく高いんじゃないか？」

「ふーん、まぁいいわ。大丈夫よ、今日は私が出すから」

慌てて話題を逸らすと、リンネはしばらく俺をジト目で見つめた後、すぐに普段の表情に戻った。

「いや～、若い女の子に奢《おご》ってもらうのは、そこはかとなく気が咎《とが》めるな」

女の子に奢ってもらうというだけでもキツいのに……その上で相手が年下っていうのは抵抗がありすぎる。

だが、リンネは俺の躊躇《ちゅうちょ》をサラッと流した。

「それなら大丈夫よ。多分私の方が年上だから」

いやいやいや、流石にそれはないでしょ。

「これでももう三十八なんだが……」

俺が自分の年齢を言うと、リンネが手を叩いた。

「え!?　同い年じゃない!?　奇遇ね！」

「え……え⁉」

リンネが同い年？

リンネを二度見した後、俺の思考がフリーズする。

見た目はどう見ても十六、七歳。肌も白くぴちぴちでシミもシワも一切ない。髪の毛もサラッサラ。これのどこが三十八歳なのだろうか？

「なんでケンゴが驚くのよ。自分の顔を見なさいよ。普通の人間ならあんたも相当若く見えるでしょ。一応言っておくけど、私は純粋な人間じゃないから。結構色んな種族の血が混じってるのよ。だから、成長や老化が普通の人より遅いの」

「あぁ、なるほど！」

まさかこんな身近に異種族がいたとは……どう見ても人間にしか見えないのに。

「それで？　他に泊まらない理由はないわよね？　私が出すって言ってるんだから……それともなに？　嫌なの？」

リンネに凄まれて、俺は素直に申し出を受けることにした。

「いえ、とんでもありません！　ありがたく泊まらせていただきます！」

「そう、初めからそう言えばいいのよ！」

彼女は満足げに頷いた。

「……それで、いつまで手を握っているんだ？」

ギルドからずっと手を握って、ここまで歩いてきた。

俺の手汗もひどいことになっているし、嫌だろうと思った俺は、話が一区切りついたタイミングで確認する。

すると、今度はリンネがフリーズして、一瞬で顔を真っ赤にした。

「な、なに⁉　文句あるの⁉　この私が手を繋いであげてるんだから、喜びなさいよ！」

なぜか怒鳴られてしまい、俺は反射的に頭を下げる。

「は、はい、申し訳ございません！」

な、なんだ⁉　なんで怒られてるんだ、俺。

よく分からないけど、今のリンネには逆らわない方がよさそうだ。

それからも俺とリンネは騒がしく話しながら、彼女の泊まっている宿まで歩いた。

宿はこの街一番のランクらしく、大きく立派な建物だった。

「でっけぇ……」

もはや有力貴族の屋敷みたいだ。

リンネはこの中でもさらに一番良い部屋に泊まっているそうだ。

俺の部屋はその隣の部屋になった。

チェックインした後、すぐに夕食の時間になった。

メニューはフランス料理みたいな感じだったが、周囲の豪華さに気圧されて緊張していたせいで、それほど美味しさを感じられなかった。

日本人の俺としては、アルゴノイアで食べた焼鮭定食が、この世界で今のところ一番美味しいメニューだ。

食後、各々《おのおの》が部屋に戻ると、俺は風呂に入ってシャワーを浴びた。

風呂とシャワーがあったことには驚いた。

やはり町一番の宿と言われるだけある。

風呂から上がった俺は、ゆったりできる場所に辿り着いた安心もあって、ちびちびと晩酌《ばんしゃく》することにした。

ルームサービスで酒と軽いつまみを頼んで、俺はソファーに腰を下ろし、グラスを傾ける。

部屋は無駄に広くて、何十畳もある部屋に天蓋付《てんがいつ》きのベッドやテーブル、そしてソファーとローテーブルなどがある。宿というよりもはや家だった。

「酒は悪くないな……」

俺はナッツ類やチーズらしきつまみを食べながら、ワインを口に含む。

ワインは今までほとんど飲んだことがなかったが、異世界のものはなかなか美味しかった。

「それにしても異世界に来てたった二日なのに、色々あったなぁ……」

ここに来るまでのことを思い出しながら、俺は窓から暗くなった外を眺める。

巻き込まれ召喚からの追放、超古代遺跡、宇宙船、メイド、ヘカトンケイルもどき、リンネ、冒険者ギルドでのいざこざ、そして冒険者登録。盛りだくさんだ。

だが、冒険は始まったばかり。

これからもっとドキドキワクワクする冒険が待ち受けているに違いない。

――コンコン

物思いに耽っていたら、不意にノックの音が響いた。

「はい、どちら様？」

俺は扉の近くまで歩き、外に呼びかける。

「私よ」

リンネらしき声で答えが返ってくる。

どうしたんだろうか？

今日はかなり血を流していたし、ちゃんと寝た方が良いと思うんだけど。

そう思いながら扉を開けると、ネグリジェっぽい服装のリンネが立っていた。

透けているわけではないが、露出度が高く、おっさんには目に毒だった。

「ちょ、おま、そんな恰好で部屋の外をうろつくなよ。不用心だ」

俺が慌てると、一瞬きょとんとした表情を見せた後、リンネは少し微笑んで力こぶを作り、強さをアピールする。

「ふふ、私にそんな心配するのはあなただけよ。でも、気にしなくていいわ。これでもＳＳＳランク冒険者だもの。それにこの階には私とあなたしかいないから問題ないわ」

肩から先が全て露出していて眩しい。

「それで？　何か用があって来たんじゃないのか？」

こんな格好で外にいさせるわけにもいかないと思った俺は話を進める。

リンネは上目遣いで目を潤《うる》ませながら呟いた。

「用がなきゃ、来ちゃいけないの？」

「別にいけないことはないが……」

俺は彼女の姿に狼狽える。

用もないのに、こんなおっさんと一緒にいても、何も楽しくないだろうに。

「ふふ、何動揺してるのよ。転移してきてこっちには誰も知り合いがいないでしょ。どうせ独りぼっちで寂《さび》しくしてるだろうから、あんたの話し相手をしてあげようと思って来ただけ！　感謝しなさい」

「なんだ？　心配してくれたのか？」

「ち、違うわ！　友達がいないあんたを笑いに来たのよ！　それより、さっさと入れなさいよ」

「はいはい」

プリプリと怒鳴る彼女に苦笑いしながら、俺は執事のようにドアを開いて室内へと案内した。

お互いに向かい合うようにソファーに座ると思いきや、リンネはなぜか俺の隣に腰を下ろした。

「あら？　そのコップ？　いいじゃない」

疑問を感じているのは俺だけらしく、彼女は俺が倉庫から出した透明なグラスに興味津々《きょうみしんしん》だ。

この状況を気にする様子が一切ない。

「それで？　話ってなんだ？」

「その前に乾杯しましょ？」

さっそく本題を切り出す俺に対して、リンネが酒を催促《さいそく》する。

俺はその言葉に従って、すぐにグラスをもう一つ取り出してワインを注いだ。

彼女は一気に飲み干すと――

「プハーッ。乾いた喉《のど》に染み渡るわ！」

とグラスをローテーブルに置いた。

ワインってそうやって飲むものだっけ？

同い年という事前情報もあって、酒の飲み方に少し親父臭さを感じた。

心配になって俺は声をかける。

「そんなに一気に飲んで大丈夫か？」

「だいじょうぶよ、らいじょうぶ～」

本人は気にしていないみたいだが、なんだか呂律《ろれつ》が怪しくなっている。

気のせいだろうか。

彼女が酔いつぶれる前に、俺は改めて本題を聞く。

「んで？　一杯飲んだんだから用件を話せよ」

「えーっと、あんたはこれから先どうするつもりなの？」

ずいぶん漠然《ばくぜん》とした質問だな。

「どうするつもりって……冒険者になったんだから、コツコツランクを上げようと思っているけど？」

俺は彼女のグラスにワインを新たに注ぎながら答えた。

「え、帰らなくていいの？」

「ん？」

彼女の言葉に俺はキョトンとした。

帰るってなんの話だろうか。

「なんで不思議そうな顔をしているのよ。あんたあの場所に転移してきたって言ってたじゃない。元の場所に帰らなくていいの？」

どうやら俺がリンネと最初に行った時の説明を覚えていたらしい。

リンネに言われて、俺は自分がダンジョン探索中に転移してきたという設定にしていたことを思い出す。

「あ～、そういうことか……うん、俺は元いた場所に未練はないから、帰らずにこっちで活動しようと思っているよ」

むしろ戻れと言われても、あの国王のもとに戻る気は毛頭ない。

「ふーん、そうなんだ」

俺の答えを聞いたリンネは、そっけのない返事とは裏腹に頬が緩んでいるような気がした。

「それじゃあ人生の目的っていうの？　そういうのはないの？　今後やりたいことみたいな！　私は沢山の未踏のダンジョンや秘境を踏破したい」

うーん、と腕を組んで頭を傾げながら、リンネは言葉を紡《つむ》ぐ。

どうやら彼女が聞きたいことは直近の目標というより、人生をかけて成し遂げたいことという印象だ。

俺はリンネに倣《なら》って、やりたいことを羅列《られつ》した。

「うーん、そうだなぁ……まずはＳＳＳランク冒険者になること。次は、報復したい相手にそれなりの復讐をすること、嫌味な相手に自慢できるような生活を送ること。後は……そうだな……嫁を見つけたい……かな。それと、あの最難関ダンジョン？　みたいな前人未踏の区域が他にあるなら冒険してみたいな。で、全部終わったら、のんびり嫁と暮らせたらいいなぁ、みたいな」

宇宙船で漠然と考えていたことをそのまま口にしていると――

「嫁!?」

と、リンネが過剰な反応をした。

さては、俺みたいなおじさんにはそんな相手できないと思ってるな？

まったく、失礼な奴だ。

「ああ、俺もいい年だし、そろそろ身を固めたいなぁと」

俺がぽつりとこぼすと、リンネが急に慌ててワインをグラスに注ぎ始め、それを押し付けてきた。

「ふ、ふーん……あっ、あんた全然飲んでないじゃない！　ほら、ぐいっといきなさい。ぐいっと！　私が勧めた酒が飲めないなんて言わないわよね？」

「は、はい、もちろんです！」

ギロッと目を細めて睨む彼女には逆らえず、俺はグラスを呷《あお》ってワインを飲み干した。

「くはぁ!?　こりゃあ効くなぁ」

俺はそんなに酒に強くない。

ワイン一杯とはいえ、一気に飲み干したせいで脳にガツンと来た。

「なかなか飲める口じゃない！　それで……そうそう、未踏破のダンジョンや秘境や魔境が他にあるかって話だったわね。詳しい場所は分からないけど、一つ心当たりがあるわ」

ん～、そういえばそういう話だったかも？

「おお、そうか。ある程度ランクが上がったら行きたいなぁ」

「それはちょうどよかったわ！　私もさっき言った通り、ダンジョンや秘境を踏破するのが目的だもの。仕方ないから一緒に行ってあげてもいいわよ？」

リンネが俺の顔を覗き込んだ。

「お、それはいいな。一人じゃつまらないしな、あっはっは」

「約束したからね？　破ったら承知しないんだから」

「はいはい、分かってるって」

なんだか楽しい気分になってきた俺は、さらに望みを口にした。

「あ、それと、強くなりたいな……」

そうしみじみ言うと、俺の願望を聞いたリンネは目を丸くした。

「強く？　あんた今でもあんなに強いじゃない!?」

「あれはズルっていうか、俺自身の力とは言えないからな。俺自身が戦える力を手に入れたいんだよ」

己の力で敵を倒すことこそ異世界ファンタジーの醍醐味《だいごみ》みたいな考えが俺にはあった。

もちろんインフィレーネの力は使うが、それに頼りっきりにはなりたくない。

「へ、へぇ!?　じゃあ、私が鍛《きた》えてあげてもいいわよ？」

ＳＳＳランク冒険者のリンネ自らそんな提案をしてくれるのか!?

俺としては願ってもない話だ。

「え、マジか!?　それはめちゃくちゃ嬉しいな」

「あんたがどうしてもって言うなら、考えてあげなくもないわ」

「どうしてもリンネにお願いしたいなぁ」

おっさんなりに可愛らしくお願いしてみた。

我ながらキモいが、リンネは特に気にした様子もなく応える。

「ふ、ふーん。いいわ。私が直々に教えてあげようじゃない。こんなこと、普段は絶対やらないんだからね。そういう弟子入りみたいなのは全部断ってるんだから！　ありがたいと思いなさい」

「ありがとうな！　それじゃ、俺に師匠がついたことを祝って乾杯しようぜ」

「そうね」

俺が二つのグラスにワインを注ぎ、一方をリンネにグラスを持たせる。

「「カンパーイ」」

そのまま晩酌は続き――

俺はいつの間にか気を失っていた。

「ん？　ここは……」

はぁ、くっそ、頭いてぇ。

そう思ったのも束の間、徐々に痛みと気持ち悪さがスッと引いていく。

上に見えるのは、なんか王族とかが寝てそうなベッドの天蓋《てんがい》。

そういえば、昨日はリンネの定宿に俺も泊めてもらったんだった。

それから飯を食って、風呂に入って、リンネと一緒に酒を飲んでたんだよな……

ということはさっきの頭痛は、完全に二日酔いか。

となると、こんなにすんなり痛みが引いていくのは、治療の時にそういう強化も施してくれたからかもしれない。

でも、昨日の記憶が途中から全然ない。

そういえば左の上腕になにかが乗っかっているような……

腕を動かした瞬間、隣から声が聞こえてきた。

「ん……んん……」

すげぇ、嫌な予感がする。

俺がそっと顔を左に向けると、そこにはスヤスヤと可愛らしい寝息を立てて寝ている、リンネの顔があった。

うぉー！　マジか！

えーっと、ひとまず落ち着け、俺。事情はともかくまずは謝罪だ。

「ふ、ふわぁ……」

俺の考えが一段落した時、隣から可愛らしい欠伸《あくび》が聞こえた。

「……おはようございます」

俺が静かに敬語で挨拶すると、リンネはそのまま顔を真っ赤にして固まってしまう。

「おはよう」

リンネはそのまま布団の中に潜ると、顔を半分隠した状態で応える。

いてもたってもいられず、俺はすぐにベッドから出ると土下座した。

「本当にすまなかった！」

しばしの無言。

それからリンネは布団から顔を半分出して「この獣《けだもの》」とジト目を向けてきた。

俺は何も言わず、再び頭を下げる。

「ふ、ふん！　別にいいわよ！　お互い合意の上だったんだし。なんの問題もないわ」

頭上からそんな声が聞こえた。

なんとかお許しは得られたようだった。

いくら同い年とはいえ、昨日の俺をマジで殴ってやりたい。

というか、なんで俺はそんな一大イベントを何も覚えてないいんだよ。

俺は、昨日の自分に頭を抱えて身悶《みもだ》える。

「そ、それじゃ、またね！」

リンネはそんな俺を尻目に、布団を被って引きずりながら自室へと帰っていた。

巨大な山が動いているかのようだった。

まぁ、この階には他に誰も来ないから見られる心配はないだろう。

リンネが部屋を出た後、突然どこからともなく声が聞こえた。

『ケンゴ様、昨日のデータでしたら魔導ナノマシンによって修復可能ですよ。なんで覚えてないんだ、という声が聞こえた気がしましたので』

それはバレッタの声だった。

彼女の声は腕輪から聞こえた。これが通信らしい。

流石パーフェクトメイドと思える反応に俺は驚く。

『ご主人様の全てを理解するのがメイドですから』

「流石だな。ありがとう」

バレッタの言う通りにナノマシンを使った。

記憶が飛んでいても、こうして呼び起せるのは便利だなと思っていると、昨夜の映像が脳内に流れ込む。

完全に……思い……出した！

記憶が戻って俺が罪悪感で頭をかいていると、再びバレッタの声が聞こえる。

『あ、それとケンゴ様』

「なんだ？」

『おめでとうございます』

バレッタの言葉に、俺はあの船で見せてもらった完璧なお辞儀を幻視する。

『いえいえ、メイドとしてご主人様の一大イベントのチャンスを逃さないのは当然のことですので。あれほどの女性ともなれば、次のチャンスがいつになるか分かりませんからね。本当におめでとうございます』

「あ、ああ。ありがとう？」

「あ、ありがとうな」

心の底からの喜びを感じさせる言葉だけに、俺はなんとも言えない気持ちになりながら礼を言った。

バレッタの言うことは分かるが……完全に彼女の手のひらの上だったのだと感じて、俺はゾッとするのだった。

◆ ◆ ◆

今日もいつものような一日になるはずだった。

学校に登校し、いつものように勉強し、いつものように部活をして、いつものように家に帰るだけの平凡な一日に。

「勇気、昨日の『爆《ばく》ウマの店《みせ》』見たか？」

幼馴染の健次郎が俺に話を振った。

「見た見た。めちゃくちゃ美味しそうだったな」

「サービス良すぎだよね！」

「私はちょっと食べ切れなさそうだったわ」

一緒にいた真美と聖の相槌《あいづち》を聞きながら歩く。

いつも通りの雑談で盛り上がっていると——

「うわっ⁉　な、なんだ⁉」

「ま、眩しい⁉」

「きゃっ⁉」

健次郎と真美、聖がそれぞれ驚きの声を上げる。

いきなり俺たちを中心に足元が真っ白に光り輝いた。

あまりに突拍子《とっぴょうし》のない事態に、俺達は全員悲鳴を上げた。

光は徐々にその強さを増し、その場から動けなくなっていた俺達を包み込んだ。

「ん？　ここは？」

俺が目を覚ましたのは、異世界転移のアニメや漫画でよく見る神殿のような場所だ。

「おい、起きろ」

俺はすぐに体を起こした後、まだ意識を取り戻していない他の三人を揺り動かす。

「ここはどこだ？」

最初に健次郎が、続いて真美と聖が目を覚ます。

三人とも無事だと分かり、俺はひとまず安心した。

俺は皆に向けて話を切り出す。

「多分、これは異世界転移ってやつだ」

「マジか⁉」

「え⁉　ホントに？」

「そんなことってありえるの？　何かのドッキリじゃないの？」

驚愕する健次郎と真美、その横で聖は首を傾げていた。

俺たちは幼稚園のころからの腐れ縁だ。ある程度お互いのことを分かっている。

健次郎は、こういう話が大好きなので、ワクワクしているようだ。

「ほら」

俺はその事実を指し示すように、偉そうな男たちの方に顎を向けた。

「よく来た、異世界の勇者たちよ！」

それから国王からこの世界に呼んだ理由を聞かされて、俺たちは魔王種というモンスターを倒して、世界を救うために戦うことを決めた。

話が終わった後、こういう物語でありがちなステータス確認が行われる。

国王たちのリアクションを聞くと、どうやら俺たち全員が過去に魔王種の脅威《きょうい》から世界を救った、伝説の勇者パーティが持っていた固有スキルを所持しているようだ。

そしてこの場には、俺たち以外にもう一人、全然面識のないおじさんがいた。

どうやらこのおじさんは、俺達の召喚に巻き込まれたらしい。

そして、そのおじさんもスキルを確認したのだが……

持っていたのは言語理解スキルだけという、一般人以下の状態だった。

その結果を見た健次郎と真美が大笑いする。

「あはははは！　見ろよ！　一般人以下だぜ！」

「ぷぷぷっ！　異世界の言葉が分かるスキルしかないじゃん！」

俺も悪いとは思ったけど、一緒になって笑ってしまう。

そんな中、唯一聖だけが俺たちを咎めた。

「皆やめなさいよ。おじさんは私たちに巻き込まれたんだよ？　なんでそんなことが言えるの？」

俺はその言葉に反省して笑うのをやめた。

二人が笑いたくなる気持ちは分からなくはないけど、聖が言った通りだ。おじさんは俺達に巻き込まれて召喚された挙句、一般人以下のスキルしか持っていないわけだし、これから先どうなってしまうのか滅茶苦茶不安だと思う。

そんなおじさんを、これ以上笑う気にはなれなかった。

説明とステータスの鑑定を終えた俺たちは一旦部屋で休むことになった。

あまりに信じられない事態が起こり、気持ちが整理できていないので、そのための配慮だと思う。

国王たちが去った後、俺たちの前にメイド服を着た女性がやってきた。

「私はあなた方のお世話を仰せつかったリアナと申します。よろしくお願いいたします。それでは参りましょう」

俺達よりも少し年上に見える美人のリアナさんの案内で、城の中を進んでいく。

辿り着いたのは屋敷のような場所だった。

「ここは勇者様方が生活する場所です。普段は迎賓館《げいひんかん》として使用されているのですが、今後は勇者様方の拠点になります。それではご案内いたします」

リアナさんの案内で拠点になる建物の中に入ろうとしたところで、聖が声を上げる。

「あれ？　おじさんがいないわ」

「そういえばそうだね」

俺は聖の言葉でその事実に気づき、辺りを見回した。

「戦えないんだし、俺達と同じ扱いにはならないだろ」

「そうだよね。多分何か別の仕事でもさせるんじゃない？　何ができるか知らないけど」

だけど、健次郎と真美は全く興味がなさそうだ。

俺たちのやり取りを聞いたリアナさんが口を開いた。

「ケンゴ様は、皆様とは別の場所にご案内させていただいておりますので、ご安心ください」

「そ、そうですか。良かった」

聖は優しいので、おじさんがどうしているか心配だったようだ。

彼女はリアナさんの言葉で安心して、深い息を吐く。

「流石にこっちから呼んでおいて酷いことはしないだろ」

俺も、聖を安心させるように肩にポンと手を置いて笑った。

「それもそうね」

彼女が微笑み返して、その会話を終えた。

屋敷の中は滅茶苦茶広く、四人で過ごしてもまだまだ部屋が有り余っている。

そのうえ、一室一室も大きかった。

「すごーい！」

「めちゃくちゃ豪華だな。まぁ勇者一行をもてなすなら、これくらいは必要か」

俺の実家の自室が八畳だが、この部屋は少なくとも四倍はある。

そこに天蓋付きの豪華なベッドやソファーとテーブルセット、豪華な調度品《ちょうどひん》が置いてあった。

今までの俺たちとは縁がない煌びやかな部屋を目の当たりにして、健次郎と真美はテンションを上げていた。

「それでは、何かございましたら、そちらのベルでお呼びください」

リアナさんは案内と説明を終えると、頭を下げて部屋から出ていく。

「ふぅ……」

俺は場違いな部屋に落ち着かない気分になりながら、ベッドに横になった。

数時間経っても未だに心が昂《たかぶ》ったままだ。

まだ詳しい説明を受けていないけど、俺たちはこれから訓練をした後、各地で暴れている魔王種と呼ばれるモンスター討伐の旅に出る。

多少不安なこともあるけど、俺はどちらかと言えばワクワクした気持ちが強かった。

小さい頃は、特撮ヒーローやアニメの主人公に憧れていたけれど、いつしかそれが架空の存在だと気づくようになった。

しかし、ここはそういった理想すら叶えられそうな正真正銘の異世界。

そして俺たちは勇者として選ばれた人間、まさに主人公そのものだ。

それは小さな頃になりたいと願ったヒーローに近い存在だった。

俺はこれからの異世界生活に思いを馳《は》せながら、早々と眠りにつくのだった。

第六話　修業開始

バレッタとの通話を終えた俺はシャワーを浴び、着替えてからソファーへと腰を下ろした。

一夜を共にしたリンネと一緒に生きていきたい気持ちは強いが、彼女の地位や力や諸々に俺が釣り合ってない気がする。

そもそも今の俺は、この世界で完全な根無し草だ。

現状のままでは、リンネ親衛隊とかを抜きにしても、周囲からの反対ややっかみ、嫌がらせなどが行われるのが目に見える。

だから彼女に見合うような地位や実績を作る。

そのためにはまず冒険者ランクを上げていく必要があるだろう。

最終的な目標はSSSランクだが、とりあえず試験なしで上げられるCランクまでは、早めに上げておきたいところだ。

それまではコツコツと依頼を受けよう。

それと、今後は体力づくりとして朝のジョギングを取り入れる。依頼も合わせれば体作りにかなり効果的なんじゃないだろうか。

それから修業。

リンネに鍛えてもらって、ゆくゆくは、チートではなく、自力で彼女を守れるようになりたい。

どんな内容になるのか分からないけど、スパルタでもこなしてみせる。

それと、お金も貯蓄していかないとな。

正直、あの船を拠点にすれば生きていくのになんの心配もないし、ダンジョンで巨人を倒した後に手に入れたお宝もある。

あの金銀財宝があれば、一生働かなくても生きていけるとは思うが……やはり彼女ないし嫁より稼いでいない男というのは非常に情けない。

そもそも相手がＳＳＳランク冒険者ということを考えると、年間どれだけ稼いでいるのか分からない。しばらく稼ぎを上回るのは難しいかもな。

冒険者のかたわら、他に何かをすることも考えた方が良さそうだ。

手っ取り早いのは商売……かな。

あの船には売れれば大金になるであろうアイテムがゴロゴロしているし、大きな畑があるから食材を生産すれば、それで利益を生むこともできるだろう。

これならＳＳＳランク冒険者であっても稼ぎで負けることはない……はず！

今度もう少し考えてみよう。

今後の計画を練っていると、自室からリンネが再びやってきた。

「あら？　何か楽しいことでもあった？」

ブレザーに近い服を着ていて、なんとも可愛らしい。

「ああ、ちょっとな」

俺が言葉を濁《にご》すと、リンネは自然と俺の横に座り、聞き出そうとする。

「何よ？　気になるわね。教えなさいよ」

こう詰め寄られると、揶揄いたくなるな。

「ああ、昨日のリンネが可愛かったなと思ってな」

「こ、こここここ、このけだものぉおおおおお！」

ニヤリと笑って答えると、彼女は顔を真っ赤にして殴りかかる。

――パシーンッ
リンネの拳が迫ってきたが、インフィレーネが無情にも弾く。

――パシーンッ、パシーンッ
彼女は何度も攻撃を試みるが、インフィレーネで張った障壁は一切ダメージを通さない。

一応彼女の拳を傷めないように柔らかく受け止める形で防いでいる。

「ぜぇ……ぜぇ……ケ、ケンゴのそれ……前も思ったけど、ホントに反則よね……」

彼女が落ち着くまで待つと、ドカッと腕を組んで腰を下ろし、頬を膨らませた。

「ごめんごめん。で、さっきの質問の答えだけど、本当は財宝の山分けについて考えていたんだよ」

今後の生活について、ということは伏せて、俺は話題転換した。

「え？　あれはケ、ケンゴがあのボスを倒したんじゃない。全部ケ、ケンゴの物よ？」

リンネはキョトンとした顔で、何を当然のことを……とばかりに言う。

それにしても、俺の名前を呼ぶ時につっかえるようだが、なぜだろうか。

あぁ……今まであんたとか呼ぶことが多かったから、言いにくいのかもな。

「いや、財宝類はそれでもいいけど、武器とか防具とかはあんなに持っていても使いきれないからな。それなら、リンネがほしい物があればもらってくれたら嬉しいと思ったんだ」

「そ、そう……しょうがないわね。そんなに言うなら、もらってあげるわ」

「ありがとな」

恥ずかしそうに俺から視線を外し、髪の毛を弄《もてあそ》びながら応える彼女に、俺は笑顔で礼を言った。

俺としても、もう血だらけのリンネは見たくないからな。

使えるアイテムで安全性が増すなら、それに越したことはない。

「な、なんで、あんたが礼を言うのよ。普通は私が言うものでしょ？」

「それもそうだな」

目を逸らしたまま頬を赤らめて、少し呆れ気味の表情をするリンネ。

俺はリンネの言葉に相槌を打った後、ソファーから立って財宝を除くアイテムを腕輪から取り出す。

武器類が四点、防具類が六点、装飾品類が三点、分厚い本三点を床に並べた。

武器は剣、刀、杖、弓が一点ずつ。

防具は、男性服と女性服が一セットずつ。鎧とドレスが一体化したドレスアーマーが一式、胸当てが一着、コートが一着、盾が一つ。

装飾品は、腕輪が一つ、首輪が一つ、髪飾りが一つ。そして本は、スキル書が三冊だった。

一通り見た後、リンネは一振りの剣に目を奪われていた。

「どうした？　それが欲しいのか？」

「べ、別に欲しくなんてないわ」

見られていたのに気づいたのか、一瞬ハッとした表情をした後、リンネはプイッと明後日の方を向いた。

まだ二日ほどしか一緒にいないが、彼女の行動の意味が少しずつ分かるようになってきた。

これがツンデレというやつか。

「そっか、じゃあ違うのにするか」

意地悪をして違うアイテムを選ぼうとすると、リンネが俺に掴みかかる。

「い、嫌よ。その剣！　それがいいわ！」

「ははははっ。わかったわかった、冗談だ。この剣はリンネの物だ」

「!?」

俺に見透かされていたことに気づき、リンネは体をプルプルと震わせて俯く。

「意地悪……」

リンネが拗《す》ねたように呟く。

そのまま彼女は俺から剣を受け取ると、大事そうに抱きかかえた。

「ごめんごめん。それはオリハルコンで作られた剣だ。名はシルフィオス。体を羽根のように軽くしてくれる効果が付いている」

俺の説明を聞いたリンネが、目を見開いて叫んだ。

「オリハルコン!?　伝説の武器じゃない!?　そ、そんな剣が私の物に……ブツブツ」

そして俯いて何やら呟き出した。

こうなると長そうなので、一旦放っておこう。

エイダスには鑑定に近い機能がセットになっているようで、リンネに渡した剣以外も一目見れば詳細を簡単に知ることができる。

　ざっと見てから、リンネに女性服の一式を手渡した。

「それからこの服のセットもやる」

「何？　着てほしいの？」

　彼女は受け取った服を見てニヤリと笑った。

「ああ、着てほしい。リンネにすごく似合うと思うからな」

「ふ、ふーん、まぁいいわ。それ寄こしなさいよ」

　俺の返事を聞くなり、リンネは服を引ったくって脱衣所に消えた。

「あれ、失敗したか？」

　リンネの返事がそっけなかったので、俺はおかしなことを言ってしまったかと心配になる。

　それから自分のアイテムを吟味《ぎんみ》して待つこと五分、リンネが戻ってきた。

「ど、どう？　似合うかしら？」

　部屋に入るなり彼女がもじもじした様子で服を見せる。

　端的に言えば似合っている。似合いすぎている。

　元々出会った時着ていた赤と白を基調とした服と鎧ではなく、青を基調としたハイウエストのスカートと白のブラウス。

　赤いリボンが首元でワンポイントに添えられていた。

　そして足下は黒のニーハイソックスのような物を穿いている。

これにドレスアーマーを身に付ければ、まさに戦女神と呼ぶにふさわしいだろう。髪の毛を指で触りながらの恥じらいの表情も含めて非常に可愛らしい。

俺は感動のあまり言葉を失った。

「どうなのよ!?　なんとか言いなさいよ！」

業《ごう》を煮やしたリンネが恥ずかしそうな様子で俺に近付き、上目遣いで怒鳴る。

「あ、ああ……わるい。見とれてしまっていた……」

頭を掻いて謝罪すると、リンネの顔は茹《ゆ》で蛸《だこ》みたいになった。

「な、ななな、何よ！　そんなこと言われたって、嬉しくないんだから！」

フシャーッと猫のように威嚇《いかく》するリンネ。

ふと思いついたことがあり、そんな彼女に俺はにじり寄る。

「な、何よ！」

俺の行動にリンネは少し怯えるような表情を見せるが、構わずに距離を詰めて彼女の頭にある物を付けた。

振り払われなくてよかった、と俺は内心安堵する。

「こ、これは？」

頭につけられたものに手を添えるリンネ。

俺はその正体を説明する。

「『天使《てんし》の髪飾《かみかざ》り』だ。その服装のリンネにぴったりだと思ってな」

「も、もう……」

俺が説明すると、リンネは顔を赤くしたまま俯いてしまった。

「その髪飾りは、一日一度だけどんな攻撃からもその身を守る効果がある」

「え……それってもう神話級じゃ……」

「もう血だらけのリンネを見るのはごめんだからな。そのオリハルコンシルクの服と髪飾り、そしてこのアダマンタイトのドレスアーマーで身を守ってくれ」

ダメ押しで鎧のドレスアーマーの一式を差し出す。

「もう……至れり尽くせりじゃない……あ、ありがと……」

俺が渡した数々の武器と防具のことを知ると、リンネが呆れるように呟いた。

最後の方が聞こえなかった俺は「なんか言ったか？」と聞き返す。

「あ・り・が・と・うって言ったのよ！」

「どういたしまして」

恥ずかしそうに感謝するリンネがあまりに可愛く、俺は笑顔で返事をした。

さて、リンネのアイテムも選び終わり、今度は俺の番だ。

だがすでに俺は心に決めた武器があった。

「俺は絶対にこの刀だな！」

俺は一本の黒い刀を拾い、鞘《さや》から抜いた。

独特の刃紋と光沢、それから剣の形状が美しい。

まるで芸術品である。

「ヒヒイロカネの刀。名は闇葬《あんそう》。特性は不壊《ふかい》と汚《けが》れが付かないこと」

くぅー！　刀ってだけでもカッコいいのに、黒刀とか心が躍るぜ！

ドレスアーマーを抱えたまま、リンネが横から口を挟んだ。

「かなりすごい刀ね。ただ……すぐには使わない方がいいわ」

「ん？　どうしてだ？」

「昨日ケ、ケンゴが言ってたように、あなた自身の技術が本当に拙《つたな》いなら、その刀を使いこなせないからよ」

なるほど、俺は武術などただの素人《しろうと》。先達《せんだつ》の言葉は大事だ。

「それもそうか。残念だけど、これは技術を手に入れるまではお預けだな」

くそぅ！　名残惜《なごりお》しい！

俺は心の中で涙を流した。

悔しさをにじませる俺の様子を見て、リンネが励ますように言った。

「そうね。まずは普通の刀で基礎をしっかり作るしかないわ。ある程度なら私でも教えられるから、任せて」

「よろしくな！」

それを聞いた俺はやる気を満ち溢れさせながら彼女に頼み込む。

「ふふ、私の修業は厳しいわよ？」

不敵に笑う彼女だが、むしろそういう修業が好ましい。

刀を使えるようになるための修業なら、どんなに厳しくてもやり遂げてみせる。

もちろんモチベーションは、リンネを守る力を手に入れるためだ。

決してあの刀を使いたいからだけじゃない。

「望むところだ。ただ、修業は明日からにしてくれ。今日はもう結構遅いから。買い物と、あと軽めの依頼を受けてみたい」

「分かったわ。私もギルドに行くから、買い物は付き合ってあげる」

「了解」

互いの装備品を選び終えると、俺の着る服一式とコートとスキル書だけ残して、他は倉庫にしまった。

俺はさっと脱衣所で着替えを済ませる。

宝箱から手に入れた服には自動サイズ調整機能が付いていて、問題なく着ることができた。

服とコートは黒がメイン。今後使う刀も真っ黒となると、かなり見た目が痛々しい気もするけど、若返っているから気にしないことにしよう。

後はスキル書をどうするかだな。

俺は、三冊のスキル書を中央に並べた。

「スキル書の中身は『動物《どうぶつ》たらし』、『スキル消去《しょうきょ》』、『弓術適性《きゅうじゅつてきせい》』の三種類だな。動物たらしはその名の通り、動物に好かれやすくなる。スキル消去は自身の持っているスキルを一つ任意で消すことができる。最後に、弓術適性は弓の扱いが上手くなるといった感じだ」

リンネが俺の説明を聞いた後、驚きの声を上げた。

「スキル書は一年に一つも出ればいいレアアイテム！　よく三冊も出たわね。それに、スキル消去や動物たらしなんて、見たことがないわ……」

リンネはスキル書を呆然と見る。

出にくいスキル書がかなり高額になることは明白。

そのうえ、リンネでも見たことがないくらいのスキルとなると、どんな手段を使ってでも欲しいという輩が現れるだろう。

さっさと使うか、倉庫の奥深くに死蔵《しぞう》してしまうのが正しい答えだろうな。

売ったらどんな輩に目に付けられるか分かったものじゃない。

ふとリンネを見ると、スキル消去のスキル書を持ってぼんやりと見つめていた。

「スキル消去……欲しい……」

リンネの真剣な表情を見て、俺は、「いいぞ?」と言った。

俺の言葉を聞いたリンネがスキル書を抱きしめて、すごいスピードで詰め寄ってくる。

「いいの!?」

「お、おう……」

「あ……」

狼狽える俺の様子を見たリンネは、我に返って変な声を漏らした。

「その……実は昔から魔法を使いたかったの。でもマイナススキルのせいで魔法が使えなくて、諦めてたから。でもずっと諦めきれなかったのよね……スキル書を探したり、魔法の練習をしていたり……悪い⁉」

落ち込んだ様子で語り始めるリンネだが、徐々に開き直る。

腕を組んで不機嫌そうな表情になってから、俺から顔を逸らした。

リンネの話でスキル消去の使い道に合点《がてん》がいった。

この世にはデバフスキルや呪いのスキルなどのマイナスの効果を及ぼすスキルがあるらしい。

極稀《ごくまれ》にダンジョンの罠や何らかの拍子に覚えてしまうことがあるんだとか。

リンネは生まれながらに持っていたマイナススキルによって魔法が使えなかったようだ。

「いや、悪いなんて言ってないだろ？　使っていいって」

「本当にいいの？　ただでさえ命を助けてもらったうえにあれだけの装備を譲ってもらって、そのうえこんなものまでもらったら、私はどうやってその恩を返したらいいか分からないわ……」

俺としては別に今のところスキル消去がなくても困らないし、むしろ今必要としているリンネにこそ使ってほしい。

しかし、リンネは自分が甘えすぎていると思ったのか、シュンと項垂れる。

むしろ俺としては、リンネみたいな美少女に甘えられるなら、男冥利《おとこみょうり》に尽きると思っている。

俺はリンネが気に病まないように口を開く。

「恩返しっていうなら、これから一緒に冒険してくれればそれで十分だ。稽古も付けてくれるんだろ？　それに魔法が使えるようになれば、俺だって助かる。冒険の時も役に立つ。いいことづくめだ。だから本当に使っていいぞ？」

「本当の本当に？」

俺の返事を聞いても、リンネはまだ心配そうに目をウルウルと潤ませて上目遣いで確認を取る。

くっ……美少女の上目遣いは攻撃力が高すぎる。

「ああ、もちろんだ」

再度頷くと、リンネがスキル書をベッドの上に置いて急に抱き着き、俺の頬に自分の唇を当ててきた。

え、え、えぇぇぇぇぇぇぇぇぇぇぇ!?

俺は突然の事態に頭の中が混乱で一杯になる。

リンネは唇を離すと、苦しい言い訳を口にした。

「あっ！　今のは違うんだから！　スキル書にキスしようとしたらケンゴに当たっただけなんだから！」

「お、おう、そうか。分かった」

せめてもの感謝の気持ちを伝えたかったのだろうと、俺は微笑ましい気持ちになった。

だが、その言い訳は流石に無理があるだろう。

さてスキル書の分配も済んだところで、さっそく使用することに決める。

使用方法は、スキルを覚えたい人がスキル書を開く――たったそれだけだ。

リンネがさっそくスキル書を開いた。

スキル書が光を放ち、その光がリンネの中に吸い込まれていく。

そして光が彼女全体を包み込むと、ふんわりと放たれた燐光《りんこう》がスキル書とともに霧散《むさん》した。

「あっ。なんだか嵌《は》められていた枷《かせ》が外れたみたい。体の中にいつもと違う力を感じるわ。これが魔力なのね……」

手をグーパーグーパーと開いたり閉じたりして、リンネが感覚を確かめている。

「おう。確かにマイナススキルみたいなものは見当たらないな」

エイダスでリンネを解析してみたが、それらしいスキルはなくなっていた。

「嬉しい……これで魔法が使えるようになるのね……」

「良かったな」

感慨深そうに自分の手をジッと見つめるリンネに俺は微笑みかけた。

「ええ、ケンゴのおかげよ。本当にありがとう」

顔を上げたリンネは目もとに涙を浮かべて、心の底から嬉しそうにニコリと笑う。

その笑顔は部屋に差し込む光を受けて、まるで一枚の絵画のように美しかった。

俺は照れてしまい、リンネから視線を逸らして頭を掻いた。

「い、いや、気にするな。たまたま手に入っただけだからな」

気持ちが落ち着いたリンネが思い出したかのように尋ねる。

「そういえば今まで聞かなかったけど、ケンゴは鑑定ができるの？」

「ん？　ああできるぞ？」

そういえばリンネに言ってなかったな。エイダスの解析機能を使えばアイテムは当然のこと、人間の情報も丸裸にできる。

その答えを聞いたリンネは深いため息を吐いて何やらぶつぶつと呟いた。

「はぁ……あれだけ強くて、鑑定もできて、そのうえ優しいとか……」

「なんか言ったか？」

「いえ、なんでもないわ」

まぁ、深く掘り下げるのもよくないし、俺も早くスキル書を使いたい。

ということで、俺は一冊のスキル書を手に取った。

俺が欲しいスキルは動物たらしだ。

昔から動物に好かれない性質で、犬には吠えられるわ、猫には引っかかれるわ、散々だった俺からすれば、これは垂涎《すいぜん》ものの能力だ。

特に、猫が好きなのに全く触れなかったのがとても心残りだったからな。

しかし、この動物たらしを得れば、仲良くなる余地がある獣に好かれやすくなる。俺に習得しないという選択肢はない。

「俺は動物たらしを習得する！」

「ふーん。そんなもの使わなくても仲良くなれると思うんだけど？」

「そんなことはないぞ！」

リンネは動物と仲良くなることを何でもないことのように言うが、俺はそれを否定した。

これだから自然に好かれる奴は！

好かれない人間の気持ちなんて分からないんだ……

俺は持たざる者の不満を漏らしながら、来るべき時の為にスキル書を使用した。

「ケモノマスターに俺はなるぞ！」

「はいはい……」

俺が高々と宣言すると、リンネは戸惑いながら俺を適当にあしらい、もう一冊の本を手に取る。

「弓術適性はどうするの？」

「ひとまず仕舞っておこう。別に弓が使えなくても困らないし」

「そうね。私にもケンゴにも必要なさそうだものね」

俺はインフィレーネがあれば攻撃できるし、リンネには剣がある。当分使い道ないだろう。

「山分けも終わったし、ご飯を食べて買い物に行くか」

「分かったわ」

財宝を分け終えた俺たちは、食事を手早く終えて、街に繰り出すのだった。

街に出ると、異世界らしい営《いとな》みが広がっていた。

昨日はあまり見る時間と余裕がなかったが、よく観察すると、人間以外の種族が普通に生活したり、店を開いたりしている。

流石冒険者の街だ。

俺は街に出ていた屋台の一つを指さして言った。

「ちょっと屋台に寄ってみてもいいか？」

「しょうがないわね。いいわよ」

子供のようにはしゃぐ俺に、リンネが呆れながら承諾する。

「おっちゃん。一本くれ」

「はいよ、銅貨三枚だ」

「あ、やべ」

俺は自分のポケットに手を突っ込んで、自分がこの世界のお金を持ってないことを思い出した。

「もう、仕方ないんだから。はい、これお代ね」

俺の絶望的な表情を見たリンネが、呆れながらお金を出してくれる。

早いところ、金銀財宝をどっかで換金しないといけないなと俺は思った。

「まいどあり！　リンネ様に払わせるとは、あんたは相当なお大尽様《だいじんさま》のようだな」

俺達のやり取りを見ていた四十代後半くらいのスキンヘッドの店主がニヤリと笑う。

「そんなことはないはずだが……」

「それがあるんだよ。ちょっと待ってな！」

それからほんの一、二分待つと――

「んじゃ出来立てビッグボア肉の串焼きだ、お待ち！」

そう言って店主は、串焼きを差し出した。

「ありがとう」

見た目は日本の祭りの出店でよくある肉串そのもの。

俺は串焼きを受け取り、口に咥《くわ》えて串から肉を引き抜いて咀嚼《そしゃく》した。

「はふはふ、こりゃあ、普通の豚肉より美味いな」

「はぁ!? 普通の豚肉ってビッグボアの肉のことだろ？ 何言ってんだ？」

「あははは……そ、そうだな」

俺の言葉を聞いていたおっちゃんが変な顔をする。

こっちには普通の豚はいないのか。

それにしてもスーパーで買う豚肉より遥《はる》かに美味しい。

塩しか振られていないようだが、なかなか悪くない。

あぁ！ 俺は今異世界を体感している！

この日常的なお祭り感。

高い香辛料や調味料を使わない素材の味で勝負する食文化。

どちらも堪らないものがある。

俺が満面の笑みで肉を頬張っていると、リンネが不思議そうな顔をした。

「ただのビッグボアの肉をそんなに美味しそうに食べる人は初めて見たわ」

「そうか？　あ、お金ありがとな。後で換金したら返すわ。なかなか美味いぞ？　食べないか？」

キョトンとした顔をしているリンネに、俺は串焼きを差し出す。

「お金は別にいいわ。それだけの物もらってるし。でも……仕方ないわね。あなたが食べてほしそうだから、食べてあげる」

「リンネのお金で買ったものだけどな」

彼女は俺から串焼きを受け取り、一欠片の肉を頬張る。

「……うん、たまにはこういうのもいいわね。それになんだかいつもより美味しいわ」

「それなら良かった」

満足げに笑うリンネを見ながら返された串焼きを受け取り、また一欠片口に放り込んだ。

「じゃあな、おっちゃん！」

串焼きを食べ終えた俺は串桶に串を放り投げ、おっちゃんに声を掛けてその場を後にした。

「おっちゃんじゃねぇ。俺はロドスだ！　まぁいい、それじゃあ、リンネ様、そこの剣神と仲良くな！」

ロドスは抗議するように、俺の背に叫んだ。

「う、うるさいわね！　ケンゴはただの知り合いよ！」

隣にいたリンネは恥ずかしそうに、振り返って否定していた。

それにしても屋台のおっちゃんにまで俺のことが既に知られているとは、昨日の模擬戦は予想以上の効果があったみたいだな。

俺たちは装飾品の店でほどほどの量の金や銀を換金してから、質の良さそうな服飾店に向かった。

店に入ると、リンネはさっそく服を物色し始める。

「これとこれ。それからこれもいいわね。うーん、こっちはいまいちかしら」

勝手がわからず俺は棒立ちのまま。完全に着せ替え人形になっていた。

「うん、ケ、ケンゴにはこの色が似合うわね。店主、この色の布で服を仕立ててちょうだい」

ものすごく時間もお金もかかってしまったが、リンネが楽しそうだったからよしとしよう。

続いて俺たちは武器屋を訪れる。

リンネ行きつけの店は、メイン通りではなく、少し外れた場所にひっそりと構えていた。

「こういう店は偏屈なドワーフがやってるって相場が決まってるんだよな」

俺が店の前で言うと、リンネが笑う。

「あら、よく分かってるじゃない……それじゃあ行くわよ。気に入られたらケンゴの武器も見《み》繕《つくろ》ってくれるわ」

「初めてなのにハードルが高いな」

俺はリンネの後ろに続いて武器屋に入った。

店の中には、様々な武器が種別ごとに整然と並んでいる。

待ってました！　これ、こういうのを実際に見てみたかったんだ！

俺は童心に帰って武器を眺めだす。

その間に、リンネは店の奥に向かって声を張った。

「グオンク！　いるかしら、グオンク！」

グオンクというのは店主だろうか。

俺はどんな奴が来るか店の奥を見つめた。

「誰じゃ！　五月蠅《うるさ》いわ！　そんな大声を出さなくても聞こえておる！」

やってきたのは髭面《ひげづら》にずんぐりむっくりの樽のような体躯《たいく》の小柄なシルエットの男。

まさに想像通りのドワーフという種族を体現していた。

「きたぁああああああああああああ！」

「な、なんじゃ！」

「な、なんなの⁉」

俺は興奮のあまり、拳を天に突き上げて、絶叫してしまった。

ファンタジーで最も有名な種族の一つが目の前で実際に生きて動いていることに、俺は強い感動を覚えた。

二人は俺のリアクションに目を丸くする。

少し落ち着いてから、ドワーフが口を開く。

「おい、リンネじゃねぇか。お前が男連れなんて初めてじゃねぇか？　これか？」

「ち、違うわよ！　そんなんじゃないわ！」

親指を立てて口端を吊り上げるグオンクに、慌てて否定するリンネ。

「がっはっは、おめぇが動揺するなんて珍しい。どうやら図星のようだな」

「違うって言ってるでしょ！」

リンネは豪快に笑うグオンクをポコポコと叩いているが、大して力は込めていないようだ。

それだけ二人は気安い仲ということらしい。

俺はそんな二人の様子を未だに感動しながら眺める。

「それで？　今日は何の用じゃ？」

「こいつの刀を見繕ってほしいのよ」

しばらくして落ち着いた二人が本題を切り出した。

リンネは後ろ手に俺を指さす。

「ふーん、なるほどな。よし分かった。おめぇが男を連れてくるなんてめでてぇ。ひとまず展示してある奴から選べ。後から専用に作ったやつを渡してやる」

「そういう関係じゃないって、何度も言ってるでしょ!?　でも、助かるわ」

あれ、事前知識では気難しいという風に思っていたんだけど、意外とすんなり済んじゃったな。

「おいお前、この店で一番良い武器を選んでみろ」とか「剣を作ってほしければ実力を示してみろ」とか言われないの？

そういう流れを楽しみにしてたのに！　俺の感動を返せ！

俺がガックリと肩を落としていると、グオンクが声をかけてきた。

「おい、お前！」

「お、おう、なんだ？」

急に呼ばれた俺は顔を上げて返事をする。

「リンネは否定しているが、今までこいつは一度だって男を連れてきたことなんてねぇんだ。その意味は分かるな？」

「うす！」

凄んでくるグオンクに、俺は舎弟《しゃてい》っぽい口調になってしまう。

「リンネは娘みてぇなもんだ。幸せにする覚悟はあるんだろうな？」

「うす！　全身全霊をもって幸せにしてみせます！」

リンネもそう思っているかは定かではないが、本心を打ち明ける。

「おう！　良い返事じゃねぇか。大した覚悟だ。ただし、リンネを泣かせてみろ……その時はただじゃおかねぇ……分かったか？」

「うす！　肝《きも》に銘《めい》じます！」

自分より背が低いのに、グオンクの威圧感は半端《はんぱ》じゃない。

タジタジになりながらも、俺は必死に返事をする。

「がっはっは。俺の威圧に耐えるたぁ、リンネ、おめぇ良い男連れてきたじゃねぇか！」

急に威圧感がなくなったと思ったら、背中をバシバシと叩かれた。

痛てぇ！

試練とは違うが、ドワーフと打ち解けられたことにまた少し感動する。

「何回言わせんのよ！　ケンゴは知り合いもいなくて一人ぼっちだから、仕方なく、仕方なーく、一緒にいてあげてるの！」

恥ずかしさに耐えきれなかったのか、リンネはそう噛《か》みついた後、顔を真っ赤にして店から出て行ってしまった。

「ははぁ。リンネがいっちょ前に女の顔してやがる。こりゃたまげたな」

グオンクはリンネの後ろ姿を呆然と見送りながら呟いた後、俺の刀を見繕ってくれた。

外に出ると、リンネが顔をリンゴみたいにしたまま俯いて待っていた。

俺を置いてどこかに行くことはなかったようだ。

「ほら、さっさと行くわよ！」

俺が来たのを見つけると、彼女がツンとした様子で歩き出した。

しばらくすると、先ほどまで前を歩いていた彼女だが、落ち着いたらしくスピードを落として俺の隣まで来てくれた。

その後、必要な物を買い足した俺とリンネは、冒険者ギルドへ向かった。

ギルドに入った俺達に視線が集まるが、いちいち気にしていたらキリがないので、気づかないふりをする。

「私は高ランクの依頼がないか聞いてくるわ。特にめぼしい依頼がなければ、昨日の怪我の影響がないか訓練場で体を動かして確かめてみる」

「分かった。俺は依頼を受けてみるわ」

「そう。また後でね」

リンネは俺と別れ、ツカツカとギルドの奥へと行ってしまった。

彼女は財宝のお礼としてなのか、また宿で俺の部屋を取ってくれていた。しかも無期限で。

流石に申し訳ないと断ろうとしたが、リンネから「良いから文句を言わずに受け取りなさい」と凄まれて、断れなかった。

ついでに「今日も一人だろうから一緒に夕食を食べてあげる」と、晩御飯も一緒に食べる予定である。だから彼女はまた後でと言ったわけだ。

俺はリンネを見送ると、キラリさんの座る受付に向かった。

時間は昼をすでに回り、ギルド内は閑散《かんさん》としていて、待ちの列なども少ない。

「こんにちは」

「あ、こんにちは。ケンゴ様。本日はどのようなご用件ですか？」

挨拶をすると、事務仕事をしていたキラリさんが、顔を上げた。

受付業務モードに切り替わったのを感じつつ、俺は尋ねる。

「ああ、初心者でもできるような仕事はないかと思ってな」

「ケンゴ様ならどんな難度の仕事でもできると思うのですが……」

俺の言葉に困惑の表情を浮かべる彼女。

昨日のことを知っているキラリさんは、俺の実力ならすでに掲示板に貼ってあるFやEランク相当の依頼ならどれでも問題はないと考えているのだろう。

「いや、いいんだ。まずは初心者の仕事から始めてみたいんだ」

「本当に変わった方ですね。そうですねぇ、この時間ですと、すでに主《おも》だった依頼は取られてしまっているので、常設依頼であるマルウサギやコッコーの肉の確保くらいでしょうか。後はお勧めしませんが、溝《どぶ》さらいや町の清掃ですね」

ほほう。常設依頼と言えば、需要が多すぎていつでも出ている依頼だ。

マルウサギやコッコーという生き物の肉の確保は、それだけ需要があるのだろう。

まさに初心者の俺向きの依頼だ。

ただ、少し気になるんだが、この世界にゴブリンはいないのか？

雑魚《ざこ》モンスターの代表例といえばゴブリンだと思っていたんだが……

「んじゃ、それをやってみようと思う。マルウサギとコッコーはどこにいるんだ？」

「え……あ、失礼しました。えっと、マルウサギとコッコーはダンジョンの一階から三階に棲息していますよ」

キラリさんの最初の動揺には、なんでそんなことも知らないの？　というリアクションが含まれているようだったが、彼女はすぐに取り繕って答えてくれた。

完全に世間知らずだと思われてしまったな。

「え!?　ダンジョンってそんなにあちこちにあるの!?」

さらに世間知らずという認識を加速させることになるだろうが、俺の口をついてその疑問が出る。

「は、はい。通常どこの国もある程度安定して食料や素材が取れるダンジョンの近くに大きな街が出来ますからね。ここも例外ではありません。ダンジョンの入り口は街の中心にあります」

「なるほどな。んじゃダンジョンに行ってみるわ」

「分かりました。それぞれ五匹で一回分の依頼分になります。ダンジョンに入る際は見張りにギルドカードを提示してくださいね」

「了解」

ついに来ました！　ダンジョン！

俺が飛ばされたあそこも、リンネはダンジョンと呼んでいたけど、船が封印されていた古代遺跡みたいだったし、転移魔法陣ですぐに外に出てしまったからな。

実際にダンジョンの中に入るのは初めてのようなもの。

普通のダンジョンがどんな風になっているか、とても楽しみだ。


キラリさんに言われた通りに街の中央へと向かうと、そこには堅牢《けんろう》な壁に囲まれた建物があった。

中に入ろうとすると、門番らしき兵士が俺を呼び止める。

「止まれ！　ギルドカードを提示せよ」

言われた通りに見せると、兵士たちが心配そうな目を向けた。

「む、Fランクか。命は大事にしろよ？」

「おう、低層でダンジョンの感触を確かめるだけだから大丈夫だ。ありがとな」

俺は兵士たちに元気に挨拶して中に入った。

しばらく進むと、地下に向かって伸びる大穴が姿を現した。

その穴を下りること数分。深く潜れば暗くなるはずなのに、徐々に明るくなっていく。

そして完全に抜けた時、広がっていたのは、地中にあるとは思えない、ただの草原だった。

草原に出てすぐのところに女性の像が置いてあり、そこには『転送《てんそう》ポータル』と書いてあった。

普段この国で使われている言語とは違う文字で書かれたそれは、恐らく階層ごとに置いてあって、そこから自分が行ったことのある階層に行ける装置なのだろう。

「うぉー！　マジで洞窟《どうくつ》の中にこんな空間があるんだな！」

目の前の光景に、俺は街に入った時同様に感動して叫んでしまった。

時間が時間だけに入り口付近に冒険者らしき人物がいなかったのが幸いだ。

『私がいますよ』

俺の心を読んだかのように、エイダスから響くバレッタさんの声。

「うわっ！」

俺はビクリと体を震わせた。

いけないいけない。はしゃいでいる場合じゃないな。ここはすでにダンジョンの中。近くにモンスターがいてもおかしくはない。

俺は防御に使う以外のインフィレーネを展開範囲ぎりぎりまで飛ばして周囲を探索した。

すると、ものの数秒でお目当てのモンスターが見つかった。

「キュキュー」

すぐにインフィレーネが示した場所に向かうと、そこにいたのは球体のような体躯にウサギの耳と脚が付いた生物。

「こいつがマルウサギか」

『あのウサギはそれほど戦闘が得意なモンスターじゃないようです』

バレッタが、そう補足してくれる。

しかし、モンスターといえども生き物を殺すというのはやはり抵抗があるなぁ。

リンネを助ける時は無我夢中だったから、巨人を倒すことに何の躊躇《ためら》いもなく処断できたけど、
こうしてきちんと正面から対峙して、というシチュエーションだとなかなか心にくるものがある。

なによりマルウサギはペットにしてもいいくらい可愛らしい。

つぶらな瞳を見ると、倒すのが申し訳ない気持ちになった。

「キュキュキュー！」

しかし、ここはダンジョン。相手もこっちの命を狙ってくる。

俺に気づくやいなやマルウサギが飛び掛かってきた。

ダンジョン内のモンスターは動物たらしの効果対象外らしく、敵意むき出しだ。

こちらも躊躇っている場合ではない。刀の扱いをまだ習っていないため、インフィレーネでサクッと討伐することにした。

俺は遠隔操作で、インフィレーネを剣のように連結させ、上から振り落ろす。

見えない斬撃を受けたマルウサギは、二つに分かれてドサリと地面に落ちた。

血が流れ出し、動かなくなった目の前の生き物を見て、確実に命を奪ったのだと実感する。

「おぇえええ……」

その光景のせいで気持ち悪くなった、俺は吐き気を催して、その場に蹲った。

「おっさんの俺にもちゃんとこういう感情があったんだなぁ。でもこの世界で生きていくからには慣れないいと」

そう呟きながら、俺は口元を綺麗にして再び死体を見た。

『インフィレーネによる慈悲《じひ》のない一撃。流石でした』

立ち上がると、バレッタから称賛《しょうさん》を受けた。

いや、もしかしたら冷酷さを皮肉られているのかもしれない。

「お、おう……そうか、ありがとう……」

死体は今のところそのまま残っている。

ひとまずインフィレーネで血抜きをしてしばらく放置してみる。十分くらい待ったが、マルウサギが消えることはなかった。

どうやら普通のモンスターはボスとは違い、消えないらしい。

俺は買っておいた大きなリュックに血抜きしたマルウサギの体と頭を突っ込んだ。

一度討伐の経験を積むと、少し余裕が出てくる。

インフィレーネでモンスターを探索し、その都度切断する。

それを幾度《いくど》も繰り返すうちに、あっさりと依頼一回分のノルマをクリアした。

もう一種類のコッコーは、デフォルメされた鶏《にわとり》みたいなモンスターだった。

こちらも真ん丸に太っていて食いでがありそうだ。

サクッと五匹倒すと、リュックが一杯になってしまった。

「帰るか」

初のダンジョンを終えた俺がその場を去ろうとすると――

『ケンゴ様、人間が三人こちらに近づいています』

バレッタから報告が届く。

辺りを見回せば、冒険者らしき三人組がこちらに向かってくるのが見えた。

「おい、なんかいるぜ？」

「ああ、やっちまうか？」

「そうだな、退屈してたし」

ニヤニヤと言い合いながら、ガラの悪そうな三人の男が近寄ってくる。

「おい、その荷物と金目の物を置いていけよ」

三人がヘラヘラと笑いながら俺に話しかけてきた。

「渡すわけないだろ。もう帰るところだから、邪魔するなよ」

「あぁん？　なまいってんなよ。痛い目に遭《あ》いたいのか？」

俺の投げやりな返事に、三人が指をボキボキと鳴らした。

俺はため息を吐いて、挑発する。

「来いよ。一撃でも当てられたら、荷物を渡してやる」

三人が同時に別方向から拳を構えてかかってきた。

「はははは、ぼっこぼこにして身包み剥いでやんよ！」

三人の拳を受け流すことなく、正面から反動がそのまま返るように調整して、インフィレーネの障壁を展開した。

思いきり振り切った拳の力を完全に反射する形で返すと、三人の指は全て変な方向へと折れ曲がってしまう。

彼らは、三者三様に悲鳴を上げながら手首を押さえた。

三人組の一人が、何かに気づいたように声を上げる。

「ぐがっ！　げぇ!?　リーダー！　こいつヤベェよ！　リンネの姐さんのお気に入りの剣神だ！間違いねぇ！」

「な、なんだと!?　それを早く言え！」

「俺は最初から反対だったんだぁ！　許してくれぇ！」

「嘘《うそ》をつくな！」

罪を逃れようとした一人が、残りのメンバーに突っ込まれていた。

俺の反撃で自分達が誰に手を出したのか気づいたようだが、もう遅い。

「じゃあ、覚悟はいいか？」

今度は俺が指を鳴らして、へたり込んでいる三人組に近づいていく。

三人は涙を流しながら懇願するが、俺はインフィレーネの出力を一パーセント未満に調整して叩きのめした。

「「ずみばぜんでじだぁ」」

顔中が真っ赤に腫《は》れ上がった状態で土下座するトリオ。

俺は最後に三人を威圧した。

「俺以外の奴らにも変なことはするなよ？　俺はいつでも見ているからな」

「「は、はひぃ」」

頭をブンブンと縦に振っていい返事をしてくれた。

俺は荷物を背負い、三人を引《ひ》き摺《ず》って初めてのダンジョンを後にした。


三人を門番に引き渡して、冒険者ギルドへ依頼達成の報告を行う。

初報酬は全部で銀貨五枚だった。

銀貨十枚で、大体一日生活できるレベルらしいので、その半分になる。

宿に帰り、シャワーを浴びると、リンネが呼びに来た。

約束通り、一緒に夕食を食べると、早々に寝ることにした。

今日は流石に別々だろうと思ったが――

「別に私は寂しくないんだけど、ケンゴが寂しいだろうから一緒に寝てあげるわ。感謝してよね」

枕を胸の前で抱きしめて口元を隠し、上目遣いで見つめてくる彼女を部屋に入れないという選択は、俺にはできなかった。

その日は何事もなく、一緒に寝るだけだったので平穏な時間だった。

ただ、緊張のあまり、俺はろくに眠ることが出来なかったが……

目が冴《さ》えてしまったので、計画していた通り、俺は早朝からジョギングを開始することにする。

「どこ行くの？」

しれっとベッドを抜け出そうとした俺に、リンネが目を擦りながら話しかけてきた。

俺はサラッと「走りに行ってくる」とだけ答える。

「ふーん。いってらっしゃい」

まだ眠そうなリンネの声を背に、俺は部屋を出た。

なんか良いな、誰かに見送られる生活。

それに寝起きだからか素直で可愛かったし。


街の門まで着いた俺は、まずは走れるだけ走ってみようと思い、特に距離などを決めずに始めることにした。

街を出て、門番に城壁の周りを走ることを伝える。

「よろしくな」

「了解しました、剣神殿」

一辺数キロはあるであろう城壁を一周してもさほど疲れなかったが、三周すれば流石に疲れた。

いや、俺の体、身体能力が異常に上がっているな。

これもやせて若返ったせいか？

『治療によって肉体が最適な状態に仕上がっております』

そんな疑問にバレッタがピッタリのタイミングでエイダスから答えた。

やっぱりそういうことだったか。

治療行為だったはずなのに、俺の体、弄《いじ》られすぎじゃないか？

改造といっても差し支えない。

まぁこれ以上考えたところで仕方ないので思考を止めた。

走って思いきり汗だくになったので、インフィレーネで綺麗にして城門に帰る。

「汗一つかかず、城壁を三周されるとは流石ですね」

門番は、何事もなかったかのように戻った俺を見て感心していた。

完全に誤解である。だからそんな崇拝《すうはい》するような目で俺で見るのやめてくれ！

部屋に戻り、シャワーを浴びて心もリフレッシュしてから戻ると、リンネが起きていた。

「あら、戻ってきたのね。思ったより早かったじゃない」

「ああ、思ったよりも体が軽くてね」

俺の言葉を聞いた途端、彼女が舌なめずりしながら笑みを浮かべる。

「これなら大丈夫そうね」

「な、なにが？」

「修業に決まってるじゃない。今から行くわよ！」

俺がビビりながらその内容を聞くと、まさかの回答だった。

「今から⁉」

「何？　文句でもあるの？」

俺がまさかの状況に恐れ戦《おのの》いていると、リンネがジト目で睨んでくる。

ジョギングが終わったばかりなのに、これから修業か……いや望んだのは俺だ。頑張ろう。

「いや、ないよ。行こうか」

俺は気を引き締めて首を振った。

「分かってるじゃない。すぐに着替えてくるから下で待っていなさい」

リンネは満足そうに頷いて、部屋を出ていった。

「さて、行きますか」

彼女を見送った俺は宿のロビーに向かった。

「待たせたわね！　じゃあついてきなさい！」

「どこに行くんだ？」

着替え終わってやってくるなり、リンネが俺の手を引っ張る。

「もちろんダンジョンよ！」

問答無用に連れていかれる俺の脳内では、ドナドナが流れていた。

昨日も来た街の中央のダンジョンが再び目の前。

そのまま中に入り、一階層の草原エリアの端の方に来ると俺は刀を持たされた。

リンネが腕を組んで俺に指示を出す。

「まずは素振り千回よ！　私がまず振り方の見本を見せるから真似しなさい！」

「わかった」

「違うわ！　今は私が師匠よ！　敬語を使いなさい！」

「わかりました、師匠！」

見た目十六歳くらいの少女に、見た目二十台半ばの俺が師事する。

なんとシュールな光景だろう。

「肘《ひじ》はこう！　背筋《せすじ》を伸ばして！　左手の握りが甘い！」

刀を振るたびにダメ出しをくらい、何十回と修正して……

ようやくフォームの合格が出た。

「これから千回よ！　はじめ！」

「はい！」

素振りが始まると、一振りするたびに体をどう動かせばいいか分かってきて、徐々に動きが最適化されていく。

ブレていた剣筋は安定して、音も空間を切り裂くようなものに変わっていく。

周りの雑音が消えていく。

ただ一心不乱に振る、振る、振る。

「凄いわ……」

リンネから何やら呟きが漏れている。

「ねぇ……」

とにかくリンネから教わったことを意識して剣を振る。

「ねぇ……聞こえてる？」

振る、振る、振る！

「ケンゴ！」

「へあ？」

俺は素振りを止められて、初めてリンネが俺に声を掛けていることに気づいた。

「もうとっくに千回超えてるわよ」

「マジか……集中しすぎた」

気づけば俺は汗だくになっていた。

どれだけ振っていたんだか。

「すごい集中力だったわ。それに才能もある。素振りに関しては、ほとんど言えることはないくらいになってる。もちろんまだまだ粗削りだけど。ひと月もあれば物になるわ」

「やったぜ！　ったぁ!?」

リンネのお褒《ほ》めの言葉に俺が喜ぶと、こつんと頭を叩かれた。

そこで俺はハッとする。

「調子に乗るのはまだ早いわ！　次はグラヴァール流剣術《りゅうけんじゅつ》の型をやるわよ！」

「押忍《おす》！」

気合を入れすぎて、空手風の返事をしてしまった。

「なんか変な返事ね、まぁいいわ。ちなみにグラヴァール流の型は二十七あるわよ！　一つの型を百回ずつやるわ！」

「押忍！」

再びダメだしされながら、俺は二十七の型全てを百回ずつ振り終えた。

「ハァ……ハァ……」

流石に疲れた。息も絶え絶えだ。

「お疲れ様。思ったよりもやるじゃない」

「もう……終わり……ですか？」

ぐったりする中、俺は剣を杖のように支えにしながら彼女に尋ねる。

「冗談！　素振りと型の基礎をやったら、当然残りは実践よ！　ひとまず、十階層までのモンスターで良いから、百匹ランニングよ！」

ひゃ、百匹!?

「りょ……了解！」

俺はその数に一瞬躊躇いながらも了承の返事をした。

「ほらほら急ぎなさい！　遅いと後ろからどつくからね！」

「お、押忍！」

こうして俺はリンネに追われながら、モンスターを倒しまくった。

躊躇している暇はない。そんなことを考えるより先に殺さないと、後ろからどやされてしまうのだ。

いつの間にか、当初あったはずの良心の呵責《かしゃく》は消え、モンスターを殺すことに完全に慣れた。

「終了！　これで今日のノルマは終わりよ！」

しばらく走り続けた頃、終了の合図があった。

「ありがとうございました！」

俺はその場で仰向《あおむ》けに倒れる。

もはや動けなくなってしまった。

「はぁ……はぁ……」

「初日にきちんと全部こなせるなんて、よくやったと思うわよ。ご褒美《ほうび》に動けるまでこうしてあげるわ」

仰向けになったまま動けずにいると、頭の下に柔らかい感触が現れた。

「ありがとうございます」

「ふふ。もう敬語は良いわよ」

目線の先にはリンネの鎧と天使のような微笑みが見える。

これは……いわゆる膝枕ってやつか……幸せだ。

俺はしばらくその幸せに身を委ねた。いつしか俺の頭をリンネが撫でていた。

十分ほど休むと、動けるようになったので、ダンジョンから外に出る。

外はすでに暗くなっていて、夕まずめと言われる時間だった。

――グゥウウウウ
俺の腹の虫が鳴る。

「そういえば、ご飯を食べてから随分時間が経っているものね」

「そうだな」

修行に夢中になって食事を摂るのも忘れていた俺たちは、足早に宿へと向かった。

「あ、言い忘れていたけど、明日からどんどん負荷を上げてくから！　覚悟しなさい！」

「ひぇ～！」

こうして俺の修業の日々が始まった。

◆　◆　◆

「君たちには今日から訓練に入ってもらう」

勇者として召喚された俺――勇気の前で、騎士団長のイカイラーさんがそう言った。

プロレスラーのように分厚い肉体を白い甲冑で包み込み、髪の毛は短く刈り上げ、まるで獅子《しし》を思わせるような強面《こわもて》の男だ。

召喚された次の日。

俺たちはこれからの方針と計画を聞かされ、こちらでの常識などをある程度教えてもらい、この世界が置かれている状況を理解した。

世界中で暴れまわっている魔王種と呼ばれるモンスターや、各地で被害を出しているモンスターを討伐して世界を救うための旅に出る。

魔王種は、もちろん例外もいるけど、基本的に数百年に一度現れ、モンスターの強化、凶暴化、大繁殖などを引き起こす、災害モンスターらしい。

そのあまりの強さに、この世界の人たちでは相手にならないそうだ。

そして俺たちは、世界のどこかで被害に遭っている誰かを救うため、できるだけ早く旅立とうと、訓練を始めることになった。

騎士が俺たちに向けて指示を出す。

「まずは、基礎の基礎。体力づくりのため、訓練場を二十周だ」

「「「二十周⁉」」」

俺たちは驚愕した。

訓練場は一周一キロくらいはありそうだ。二十周ともなれば二十キロ。

陸上部の長距離ランナーでもない限り、かなりしんどい。

「大丈夫だ。お前たちは全員固有スキルを持っている。この程度なら簡単に走れるはずだ」

しかし、イカイラーさんは俺たちに優しく微笑む。

俺たちは彼の言葉に従い、走ってみることにした。

「よーし、ついてこい」

イカイラーさんの後について走り出すと、すぐに彼の言葉の意味が理解できた。

「うわっ。体が軽い！」

「ホントだ！　これなら二十周くらい楽勝だぜ！」

「わぁ～、走るの楽ちん！」

「不思議ね。私は走るのとは無縁の文化部だったのに……全然辛《つら》くないわ」

最初は元の世界の身体との違いに慣れることでいっぱいいっぱいになった。

何周か走ってようやく今の体に慣れてくると、イカイラーさんが言っていたことを改めて実感する。

ここまで数キロほど走っているけど、全くと言っていいほど疲れが出ない。

「マジでバテないよな」

「ホントだよね！」

健次郎と真美は、慣れてきた体でアクロバティックに側転やバク転などをしながら走り出し、楽しんでいた。

「はぁ……いつもならこれくらいで限界が来るのに」

聖は少しだけ息が上がっているようだけど、まだまだ余裕がありそうだった。

かくいう俺も、まだまだ動ける。

そしてしばらく周っていると、イカイラーさんが手を鳴らしながら言った。

「よーし、終わりだ」

俺たちはそれぞれ足を止めて休息をとる。

「ふぅ……」

「はぁ……ほんの少し疲れたな」

俺は程よい疲労感が漂う程度。健次郎も似た様子だ。

「良い汗かいたね」

「私も流石に調子に乗りすぎたわね」

真美と聖は少し疲れを滲ませていた。

俺はイカイラーさんに尋ねる。

「なんで俺と健次郎と、彼女たちでは疲労の度合いが違うんでしょうか？」

「そこは固有スキルの違いだな。お前達二人は前衛職のスキル、彼女たちは後衛職のスキル持ちだ。当然だが、前者は体力や筋力が高くなるスキルが統合されていて、後者は精神力や魔力が高くなるスキルが統合されていると言われている。そのため、彼女たちの方が疲れているわけだ」

「なるほど」

鑑定では詳細は表示されないけど、固有スキルにはゲームの隠しパラメータのようにスキルが内包されていて、そういった差が出ているみたいだ。

ランニングを終えた後は格闘術の基礎を全員で学ぶ。

そこでも固有スキルの違いが如実《にょじつ》に出た。

俺と健次郎は技術を急速に吸収し、どんどん戦えるようになったけど、真美と聖は習得に時間がかかっていた。

それでも一般兵士よりは上達は早いようだけど……

「これだったら格闘術は、俺と健次郎だけでやった方がいいんじゃないですか？」

二人に負担をかけないように俺がそう言うと、イカイラーさんが真剣な眼差しで言った。

「戦闘に絶対はない」

真意を問うと、最低限自分の身は自分で守るためらしい。

複数のモンスターが襲い掛かってきた際、俺と健次郎が全てのモンスターを確実に通さないとは言えない。

そうなった場合、最低でも俺達が駆けつけるまでの間持ちこたえるだけの戦闘能力が、真美たちにも必要になる。

そのため、二人にもある程度の戦闘能力を身につけてもらう方針をとっているのだそうだ。

格闘術が終われば、魔法の訓練だ。

「私は宮廷魔術師長のビーシャ。よろしくね」

イカイラーさんと入れ替わりで、杖を持った女性がやってきた。

「うぉおおおおっ。魔法とか楽しみだぜ！」

「私も！」

魔法が使えるとあって、健次郎と真美のテンションがマックスになっている。

抑えてはいるが、俺も自然とテンションが上がっていた。

魔法を使いたいというのは、多くの人間が人生で一度は考えることだし、それが叶うのだから気持ちが昂るのは仕方がないと思う。

「魔法……どんな魔法が使えるのかしら？」

聖も真面目だが、昔は魔法少女物のアニメをよく見ていた。

今はどうか知らないけど、元々憧れていた魔法が使えるとあって、ワクワクとしているのは間違いない。

ビーシャさんが俺達に説明を始める。

「勇者、聖騎士、聖女、賢者の固有スキルを持った方は、それぞれ光魔法、防御魔法、治癒魔法、属性魔法を主に使っていたと伝えられています。初めに皆さんの体に魔力を流しますので、その力を感じ取ってください」

すると、部下の魔法使いが俺達に一人ずつついて、俺達の背中に手を触れ、魔力を流した。

その瞬間、背中から今までの人生で感じたことのない温かいものが身体に浸透してきた。

寒い時に温かいココアやスープを飲んだ時の感覚に似ているだろうか。

その熱は、じわじわと体全体に広がってポカポカと体が温まってくる。

「うーん、あったかい……か？」

「あったかーい」

「なんだか体の芯《しん》から温まってくる感じがするわ」

健次郎は曖昧な感覚らしいが、真美と聖は俺と同様に魔力をはっきり感じ取っているらしい。

「魔力は感じられましたか？　それではまずは簡単なトーチの魔法を使ってみせますね」

しばらく、魔力を流す訓練を行った後、ビーシャさんは実際に魔法を使って見せてくれる。

「トーチ！」

人差し指を立てて呪文を唱えると、その人差し指の上にアルコールランプの炎のような小さな火が揺らめいた。

「これが魔法……」

「すっげぇ！」

「ホントに火が出てる！」

「一体どういう理屈なのかしら？」

その魔法を見て、各々が興味津々にその炎に視線を向ける。

マジックでもなんでもなく、本当に何の種も仕掛けもなく、指の上に炎が浮かんでいた。

「それでは実際にやってみましょう」

「「「はい！」」」

魔法を消したビーシャさんの指示を聞いて、俺達は声を揃えて返事する。

「まず先ほど感じた魔力を指の先に集め、小さな炎をイメージして魔法名を唱えてください」

ビーシャさんの指示に従い、俺達は呪文を唱える。

「トーチ」

その瞬間、俺の指の上にビーシャさんと同じ炎が現れる。

「おおお……」

一発で魔法が成功したことへの喜びと、実際に火が揺らめいている不可思議さにドキドキして、無意識に声が漏れてしまった。

「トーチ」

健次郎が唱えると、一センチもないくらい小さい炎が指先に現れる。

「おお！　出た！」

「ちっちゃ！」

「うっせぇな！」

真美が健次郎の感動に水を差すように叫ぶと、健次郎は不満げに文句を言った。

「トーチ」

聖は俺と同じようにきちんと発動する。

しかし、真美だけは違った。

「トーチ」

皆と同じように唱えたはずが……

――ゴォオオオオオオッ！

まるで火炎放射のように指先から火が噴き上がった。

「あわわわわわっ⁉」

真美は、自分で出した魔法が思いがけない威力を出したことに慌てふためく。

その威力と大きさに、俺達は身の危険を感じてすぐにその場から離れた。

「すっげ！」

健次郎だけは楽しそうな声を出していた。

ビーシャさんが真美を後ろから抱きしめ、腕をつかんで指を空に向けさせて落ち着かせる。

「落ち着いて。深呼吸して。大丈夫だから」

「すーはー。すーはー」

真美はビーシャさんの温もりを感じたおかげか、落ち着いてきたようだった。

指示の通り深呼吸を始める。

そしてそれに呼応するように燃え盛る炎が安定していく。

様子を見ていたビーシャさんは次の指示を出した。

「それじゃあ、ゆっくり魔力を抑えて」

真美はその指示に従い、目を瞑って念じる。

その効果は劇的で炎がどんどん小さくなり、最後にはボッという音とともに消え去った。

「あぁ……びっくりした……」

それと同時に真美がその場にへたり込む。

無理もない。下手をすれば自分も炎で焼かれていたのかもしれないんだから。

真美だけがあんなことになったのは恐らく賢者という固有スキルが関係している。名前からして、いかにも魔法が得意そうだ。

多分魔力が俺達の中で一番高くて、威力が高まりすぎたんじゃないかと思う。

そのまま魔法の訓練を続けた後、身体と魔力の扱いに慣れた俺たちは、役割ごとの訓練をすることになった。

「それでは、ここからは前衛職と後衛職で分かれるぞ」

イカイラーさんが合流してテキパキ指示を出す。

「分かりました」


俺とイカイラーさんは、石で造られた正方形の舞台の上で対峙している。

「よし、まずは現状どの程度動けるのか確かめる模擬戦を行う。ユウキ、どこからでも掛かってきなさい」

「はい！　はぁあああああっ！」

俺はイカイラーさんの言葉に従って斬りかかった。

――ガキンッ
俺の攻撃は簡単に防がれる。

「ふむ。戦いのない世界からこちらに来たばかりにしては鋭い攻撃だ。しかし、まだまだ甘い。もっと本気で掛かってきなさい」

「はい！」

俺は勇者に選ばれたことで舞い上がっていた。

勇者スキルがあれば、それだけで強くなれると。

でも、そうじゃなかった。勇者であろうとも努力は必要なんだ。

「はぁあああああっ！」

俺は再びイカイラーさんに挑んだ。

「ぐはぁ⁉」

今度は剣を振ることもできずに、木剣で胴を叩かれていた。

全身に痛みが走る。

「ぐっ」

俺はその場に蹲って動けなくなった。

「立て！　この程度では魔王種と戦う前にやられてしまうぞ！」

しかし、イカイラーさんが叱咤《しった》する。

「うぉおおおおおっ！」

俺は気合で立ち上がり、再び彼に立ち向かった。

「そうだ。それでいい」

しかし、俺の攻撃が届くことはなく、あっさり攻撃を叩き込まれてしまう。

「がはっ」

「今のはなかなか良かったぞ？」

ニコリと笑ったイカイラーさんの顔を捉えたのを最後に、俺の意識はそのまま途切れた。

第七話　克服

リンネの修業を受けて二週間が経った。

その頃にはかなり動けるようになり、インフィレーネを使わずとも、モンスターも危なげなく殺せるようになった。

修業が毎日徐々にレベルアップしていき、今では型の素振りがそれぞれ千回に増えている。また、モンスターランニング——リンネに追われながらダンジョンでモンスターを倒す修業も百匹から千匹へと増えていた。

まさに鬼畜の所業であった。

それに、リンネとの模擬戦も加わった。

「あはははは っ！　私の攻撃で壊れない相手って最っ高！」

いつもと違い、若干狂気的なテンションのリンネに驚きつつ、ハラハラする模擬戦を行う。

そして今日——

「Cランクへの昇格となりました。おめでとうございます」

俺はキラリさんからギルドカードを笑顔で渡された。

「やった！　ありがとう！」

訓練と並行して続けていた冒険者活動の成果が実り、当初目指していたランクまで上がることができた。

俺は初めてもらった時と同様に、銅に変わったギルドカードを天にかざして喜ぶ。

冒険者はCランクが一番多いようだ。

その理由はBランクになるには試験が必要だから。そして突破できない理由として一番大きいのは素行の悪さによる減点。次点で自分の能力を過信しての自爆だ。ギルバートはBランクだったけど。

何はともあれ、ここが一つの壁だ。

眼鏡を手でクイッと持ち上げながら、キラリさんが俺に説明する。

「Bランクへの昇格ですが、担当官と一緒に依頼を受けて合否を判断してもらいます。ケンゴ様の場合、それぞれのランクであり得ないほどの量の実績を積まれておりますので、すぐにでも試験を受けられますが、どうしますか？」

「もちろん受ける」

俺は即答した。

「依頼内容は、ダンジョン盗賊の討伐となりますが、大丈夫でしょうか？」

――ゴクリッ

キラリさんの言葉を聞いて、俺の喉が鳴った。

ついに悪人を討つ仕事がきたか。

この二週間、冒険者の依頼やリンネとの修業である程度戦ったので、モンスターの殺傷に対する忌避感《きひかん》はすっかりなくなっていた。

だが人間となると話は別だ。自分と同じ存在というだけでかなりハードルが高く感じる。

元いた世界の価値観が強く根付いていることも大きく関係しているだろう。

ふと、殺さずに捕縛《ほばく》すれば問題ないのではないだろうかと考えていると、キラリさんは俺の思考を見透かしたように補足した。

「ちなみに討伐ですので、お間違いなく」

マジか。この手で人を殺せと。

確かにこの世界は人の命が軽く、殺《や》らなければ殺《や》られる世界だ。

躊躇していたら守れるものも守れないことだってある。そんな時、俺は咄嗟に動けるだろうか。

いや、無理だろう。

もちろん今の俺にはどんな苦境もひっくり返せるような力がある。あとは俺の心持ち次第だ。それなら盗賊たちには悪いが、ここで俺の糧《かて》となってもらおう。

「問題ない。受ける」

自己正当化の問答を終えると、俺は再び了承した。

「そうですか。わかりました」

キラリさんは淡々と手続きを進めていく。

「ちなみに、担当試験官ですが――」

「それは私よ！」

キラリさんの言葉を遮り、バーンと登場したのはリンネだった。

「たまたま私が担当官になったわ」

リンネが自信ありげに言うと、キラリさんがげんなりした様子で指摘を入れる。

「そんなわけないじゃないですか。ＳＳＳランクの権力でゴリ押ししてましたよ……」

「そんなの、う、嘘よ！　ケンゴ、たまたまなんだからね！」

彼女の慌て具合を見ると、どうやら図星のようだ。

そんな素直じゃない所が可愛らしい。

「はいはい……」

「本当に本当なんだから！」

「そうだな。俺は分かってるぞ」

「ふ、ふん。分かればいいのよ」

俺はそう言ってヨシヨシと頭を撫でると、ムスッとしながらも大人しくなった。

キラリさんが咳払いをして、話し始める。

「コホンッ。それで依頼内容ですが、二十一から三十階層に巣くうダンジョン盗賊の殲滅《せんめつ》です。その階層に住んでいるだけあって、元冒険者でＤランク程度の力はあります。最近その階層で活動している冒険者が次々と行方不明になり、しばらくした後、街でその冒険者の持ち物が売られていたことが判明しました。聞き込みにより、そのあたりに冒険者に扮《ふん》した盗賊がいるとの情報が得られました――」

「どんな奴らなんだ？」

「名前までは分かりませんが。斥候《せっこう》が一人、戦士が二人、弓士が一人の四人パーティに扮装しているようです。全員男です。ただし、その四名が構成員の全てとは限りません。気を付けてください」

「分かった。依頼は明日以降でいいのか？」

「はい。今日はお昼も回ってますし、準備にお時間もかかるでしょう。犠牲《ぎせい》が出ておりますので、できるだけ早く見つけて討伐していただけると助かりますが」

「了解」

俺は依頼内容を確認すると、リンネとともにギルドを後にした。


依頼を受けた次の日。

いつもより早く起きて慣れたように日課の修業をこなした後、俺は再びダンジョンに出発した。

「それじゃあ、私は気配を探られないように、後ろからついていくわ」

「分かった」

一階のポータルでリンネと別れ、転移ポータルを使ってすでに踏破済みの二十一階層へ飛んだ。

二十一階から三十階は洞窟エリアになっていて、道が多数枝分かれしている。

中には行き止まりの道があったりするから、盗賊たちにも隠れやすくて獲物を狙いやすい環境になっているのだろう。

「それらしい反応は……」

俺は独り言ちながら、二十一階をインフィレーネで探索していく。

この階にはそれなりの数の冒険者の反応があった。

周囲数百メートルの範囲にいるだけで四、五組。全体で見れば数十組くらい探索しているのではないだろうか。

一つの階層が十平方キロ以上あるから、それ程の密度ではないが、他のパーティと会う可能性はそこそこある。

俺はできるだけ急ぎながらマッピングしつつ、見つけたパーティの構成や容姿を記憶していく。

今のところ条件に当てはまるようなパーティはない。

二週間の訓練とインフィレーネのおかげで、十平方キロ以上ある階層も二時間あれば探索し尽くせる程に成長している。エイダスに時計機能があるので、時間が正確に計れてとても便利だ。

俺はこの階層を探索し終えて、次の階層に向かった。

二十二階層から二十五階層までも同じような感じだ。

そして二十六階層もあと少しで探索が完了するというくらいまで進んだ。

外はそろそろ日が暮れる時間だ。

今日は諦めるか……

そう思った時、インフィレーネが怪しい集団を見つけた。

それは、男四人が女二人を囲んでいるところだ。

俺が急いでそちらへ向かうと、睨んだ通りに女性の悲鳴が耳に届いた。

「きゃー！　助けてぇ！」

「いやぁ！」

それに対して男たちが下卑《げび》た笑い声を上げる。

「こんなところに助けなんて来ねぇんだから諦めろ！」

「ははっ。簡単に騙《だま》されやがって」

会話を聞く限り、男たちは女たちを弄ぶつもりらしい。

「そんなことさせねぇよ！　インフィレーネ！」

他に仲間らしき反応が周囲にないことを確認し、俺はインフィレーネを先行させた。

不可視のインフィレーネに足をとられて派手に転ぶ四人組。

女性冒険者たちは何が起こったかわからずに首を傾げる。

「な、何が起こったの？」

「全然分からない……けど……」

「そうね、今のうちに逃げましょう」

「ええ！」

だが、チャンスだと気づいたのか、二人は顔を見合わせた後で走って逃げていった。

よし！　これで今回の被害は避けられた。

後はあいつらを倒すだけだ。

俺はインフィレーネで盗賊たちに追い打ちをかけつつ、現場に向かった。

現場に着いた時には、盗賊たちはすでに満身創痍《まんしんそうい》の状態だった。

インフィレーネで全員を動けないように拘束した後、俺は盗賊たちに声を掛ける。

「おい、お前たちが最近この辺を荒らしまわっているやつだな？」

俺が尋ねると、男たちは口々にわめき散らす。

「な、なんだよおめえは！」

「いでぇよぉ、俺らが何したってうんだよぉ」

「お前、こんなことしてただで済むと思ってんのか？」

「そうだそうだ！」

現場を押さえられていないと思って、四人とも好き勝手に言っている。

俺はそれを真っ向から否定する。

「とぼけるなよ！　ネタはあがってるんだ！　逃げた二人組もいるしな」

「チッ」

俺の言葉にリーダーらしき男が舌打ちする。

そして態度を一変させた。

「な、なぁ。見逃してくれよ」

リーダーらしき男は、逃げられないと悟ったのか、急にしおらしい態度になって懇願する。

俺は刀を抜きながら、男の言葉に首を振った。

「そんなんで見逃してもらえると思ってるのか？　お前はそうやって命乞《いのちご》いしてきた人を逃がしたか？」

こいつらは悪人だ。すでに死人も出ている。

「そ、それは……」

言い訳もできずに黙るリーダー。

そうだ、こいつらは悪い奴なんだ。いなくなって当然のやつだ。

「じゃあな」

俺は刀を振りかぶった。

殺していいんだ。依頼なんだし、何も問題ないんだ。

だが、あと少しが踏み切れない。

「やめてくれぇぇぇぇぇぇぇぇ」

「くっ」

さらに男の野太い悲鳴が耳にこびりつき、俺の腕はまるで石のように硬直して動かなくなる。

数秒、いや数十秒、それとも数分かもしれない。

何も動けずに時間だけが過ぎていく。

「ん？」

しばらくすると、自分に刀が振り下ろされないことに疑問を感じたリーダーが目を開ける。

そして状況を察すると、俺を嘲笑う。

「おい、お前まさか人を殺したことがないんじゃないか？」

仲間にも聞こえるような声の大きさでそう言った。

俺は図星だけについつい苦々しい表情になってしまう。

「ははは。こいつはとんだ甘ちゃんが俺らの邪魔をしに来たみたいだぜ。お前ら！　こいつは俺らを殺せないらしいぜ！」

「リーダー、マジかよ。これは助かるかもしれねぇな」

「だな。俺達の命運は尽きちゃいねぇ」

「ラッキーだな」

四人は勢いを取り戻して言いたい放題。

しかし、実際その通りだから何も言い返せない。

くそ！　動け！　動けよ、俺の右腕！

こいつらを生かしておけばまた被害が出るかもしれない。

もちろん冒険者ギルドに引き渡せば確実に処理してくれるだろうが……万が一逃げたら？　そしてまた別の被害が出たら？　俺はその責任を負えるのか？

「はぁ……ビビッて損したぜ。解放されたら覚えておけよ。お前の大事な物、全部ぶっ壊してやるからよ」

しかし、ふとメンバーの一人が言った言葉が脳内に届いた時、俺の何かがキレた。

俺の脳裏にそっぽ向いて恥ずかしそうにしているリンネが思い浮かぶ。

そうだ、何を迷ってるんだ。

もちろんリンネがこいつらに負けるなんて、そんなことは百万に一つの可能性もないだろう。でも、リンネだって無敵じゃない。何かの拍子に捕まることもあるかもしれない。

だから……俺は自分の大事な物を守るためにこいつらを殺す！

覚悟を決めた俺は、刀を一気に振り下ろした。

「あっ⁉」

変な声とともにふざけたことを抜かした男の体は、右と左に分かれることになった。

「こいつやりやがった！」

リーダーの男が叫ぶ。

俺はリーダーだけを残して、二人目、三人目とひと思いに斬っていく。

リーダーがそんな俺の様子を見て再び笑い出す。

「はは、殺しちまったな。お前は自分の感情に任せて人を斬ったんだ。俺たちと同じ人殺しさ」

「ああ、そんなことは分かっている」

俺はそう呟くと、横薙《よこな》ぎでリーダーの首を切り飛ばした。

そうだ。分かっていた。

なんだかんだ理由をつけたが、結局俺はこいつらが自分の邪魔になると思ったから殺した。

誰かのためじゃなくて、自分のためだ。そして守りたいもののため。ただそれだけの話だ。

俺は上を向いて立ち尽くす。

「あなたはよくやったわ」

後ろから優しい声と同時に、リンネがやってきた。

「俺は人を殺した」

「そうね」

俺の呟きにリンネが返す。

「あいつらにだって家族がいたかもしれない」

「そうね。でも、それで今後失われるはずだった命を救ったわ。それにケンゴが手を下さなくても遠からず彼らは死んだ。ケンゴは何も間違っていない」

リンネが経験に裏打ちされた重みのある言葉でこの問答を締めくくった。

「ああ、そうか……そうだな……ありがとう」

俺の目からは涙が溢れて止まらなくなった。


気持ちが落ち着いた後、証拠品を持ち帰った俺は、問題なくBランクに昇格することができた。

しかし、次の日から俺は、一日中ベッドに蹲っていた。

夜な夜なあいつらの顔が思い浮かび、夢にまで出てくる始末。

そんな夢を見た日の朝はひどく憂鬱で、何もする気が起きなかった。

その後も数日間ぼーっとしていると、「ああもう！　しょうがないわね！」という言葉とともに俺の背中に柔らかい感触があたった。

リンネが後ろから俺に抱きついていた。

「どう、少しは落ち着いたかしら」

リンネの体温と心音を感じて、俺は安らぎを覚える。

「あ、あぁ……」

俺の返事がお気に召さなかったのか、今度はリンネが正面に回り込んできた。

「いつまでそんな落ち込んでるのよ！」

そう言って、リンネは俺の体を正面から抱きしめる。

しばらくそのままの時間が続いた後、俺は礼を言った。

「ありがとな」

「な、何言ってんのよ！　私が勝手にやっただけなんだから、礼なんていらないわ！」

「それでも、だ」

「ふんっ」

まだまだ完全に俺の気持ちが晴れやかになったわけではないが、大切な人を危険に晒《さら》す芽を摘《つ》み取れたと自己肯定することにした。

それから少しして、リンネが俺に尋ねる。

「ケンゴ、気分転換に買い物に行かない？」

「そうだな。それもいいか」

俺は彼女の提案に頷く。

しばらく宿に籠《こも》っていたから、そろそろ外の空気を吸った方がいいだろう。

それにお金も大量にある。

モンスター殺戮《さつりく》ランニングによって、モンスターを倒して、リンネのマジックバッグを借りて換金しているのも伊達じゃない。

「でしょ？　じゃあ準備をして下で待ち合わせね」

「分かった」

俺たちはそれぞれの準備を終えた後、街に繰り出したのであった。

それからリンネのショッピングに付き合っているうちに、彼女の笑顔につられて徐々に楽しい気持ちになり、気づけばテンションはすっかり回復していた。

我ながら単純だ。

第八話　かつての敵の陰謀

Bランクになり、元気を取り戻してからもう一週間が経つ。

修業を再開させ、今ではインフィレーネ無しでもAランクのモンスターを倒せるようになっていた。

「ふぅ……一日のノルマもこれで完了だな」

修業をあっさりこなして汗を拭う俺を見て、リンネが唖然とする。

「お疲れ様。ホントに信じられない成長速度ね。私も相当なものだと自負していたけど、あなたは私以上におかしいわ」

「おかしいとは心外だな」

リンネに異常者扱いをされて、俺は不満を口にした。

確かにリンネの言う通り、おおよそ才能と呼ばれる物は持ち合わせていなかったはずなのに、自分でもどんどん強くなっているのが分かる。多分これもバレッタの治療とやらの結果なのだろう。

「別にいいだろ。悪いことじゃないし」

「確かにそうね」

俺たちは特に深く考えることもなく、ダンジョンを出てギルドへと報告に向かった。

キラリさんが、俺たちの姿を捉えるなり、わざわざ受付から出てくる。

「あ、リンネ様、ケンゴ様、おかえりなさい」

「キラリさん、こんにちは」

「こんにちは」

「何かありました？」

「いえ、ただケンゴ様に指名依頼が入っておりまして……」

「指名依頼？」

思いがけない内容に、俺は考え込む。

俺に指名依頼を出すような相手なんていなかったはずだ。

一応ランクは上がったとはいえ、そんなに名前を知られているわけでもないし……

一体誰がそんな依頼を出したのだろうか。

「ひとまず詳しい話は応接室へどうぞ」

「分かった」

俺が依頼にキラリさんが持ってきた話について考えていると、彼女がそう俺を促した。

「どうぞおかけください」

俺は勧められたソファーに座る。

「それでは指名依頼の内容について話しますね。マルモーケ商会からケンゴ様に、ぜひ南の大森林に棲息すると言われているクオンティラビットを獲《と》ってきてもらいたいそうです。生死は問いません。クオンティラビットはなかなか見つからないレアなモンスターで、肉は極上。シチューに入れるとそれはもうほっぺたが落ちるとか。さらに、毛皮は高級な素材として有名です。貴族から商会に話が来ているのですが、自分たちではすぐに動けそうにないので、どうにか受けてほしいとのことでした。報酬は金貨五百枚ですね」

「高額だな……ちなみにどうして俺なんだ？」

キラリさんの説明に対して、俺は先ほどから感じていた疑問を確認する。

マルモーケ商会なんて一度だって関わったことがない。

そんな所から俺にいきなり指名依頼が来るのは気になる。

「商会が言うには、ギルバート卿を手も足も出させずに倒すその力と、毎日ダンジョン内で迷いなく敵を発見して殲滅していくその索敵能力を見込んでとのことでした。それらがあれば、クオンティラビットを見つけられるのではないか、と」

確かにギルバート戦では多くの観客を前に力を見せたし、ここ最近のモンスターランニングは沢山の人に見られていたから、俺に依頼が来てもおかしくないか……

筋《すじ》は通っているように思える。

「うーん、リンネはどう思う？」

ここは先達に聞いてみよう。

「気になるのは見つけられなかった場合どうなるのかってところかしら」

「確かに。そのあたりはどうなんだ？」

「報酬は渡せませんが、ペナルティや罰金が発生することはありません。ケンゴ様でも見つからないようなら諦めるそうです」

それならこっちのデメリットはないな。

「分かった。持って帰ってこられなかった時のペナルティがないなら、受けたいと思う」

「かしこまりました。手続きをしておきますね。期限は四十五日です。南の大森林へは馬車で大体七日かかりますので、そのお時間も考慮してください。何かご質問は？」

キラリさんからの問いかけに、俺は腕を組んで考えてみる。

そういえば、クオンティラビットの見た目を知らないな。

「クオンティラビットの姿ってどんな感じなんだ？　図鑑《ずかん》とかないのか？」

「申し訳ございません。あまりに希少で、詳しいデータが残っていないのですよ。私も直接見たことがあるわけでありませんが、聞くところによりますと、八十センチほどの大きさで青白い色をしており、ぼんやり光って見えるそうです」

「なるほど。分かった。探してみる」

「それではよろしくお願いします」

話を終えたキラリさんは、お辞儀をして部屋から去っていった。

「リンネはどうする？」

「私は久しぶりにダンジョンの最下層で体を動かすわ」

「いつも俺の都合で振り回して悪いな」

「いいのよ。私が決めたことなんだから」

お互いの予定を確認すると、俺たちも部屋を出て、今日の換金を済ませてギルドを離れた。


次の日、俺は南の大森林に向けて出発した。

超古代文明のバイクに当たる乗り物――レグナータで爆走しながら南の大森林へ向かう。

レグナータはどんな悪路でも振動すらなく、安定して走行できる。

これなら最短距離で目的地を目指せるだろう。馬車で七日と言っていたが、レグナータなら半日あれば余裕でつきそうだ。

「やっぱレグナータはご機嫌だな！」

景色が流れる速さとは裏腹に、適度に内部に入り込む風が気持ちいい。

障害もほとんど自動で避けてくれるから、それほど運転に集中する必要もない。

それにしても、気になるのは俺の体のことだ。

たった三週間で身体能力や戦闘技術は驚くほど向上したし、毎日思う存分食べているのに太る様子もない。

『ケンゴ様の体は、魔導ナノマシンによって最適な状態を保たれています。一度見ただけである程度技術は体得・習得することが可能です。また、体重に関しては、食事から得られるカロリーの余剰分は、足りない栄養素へと変換し、一日に必要な栄養素全てに還元されているので、今以上に太ることはありません』

久しぶりに出たな、バレッタ。

周りに誰も居ない時に考え事をしていると、しれっと通信機能で答えてくれるのがもはや当たり前になっている。

『それにケンゴ様が毎日行っている修業は相当ハードです。あれをこなしていれば、仮に魔導ナノマシンによるサポートがなくても、戦闘力は向上しますし、太らないのも当然かと』

そういうことか。やっぱりリンネの修業ってハードだったんだ……毎日寝る前はヘトヘトになっていたからな。あれが普通とか言われたら放心していたわ……

『身体能力に関しては、魔導ナノマシンによって基礎能力が強化されていて、モンスターを倒すことによる成長によっても向上しております』

なるほどな。ステータスにレベルはないけど、実際にはモンスターを倒すことでなんらかの力を得て、裏では強くなっているというわけか。

バレッタのおかげで俺は知らなかったことをまた一つ知ることができた。

そうこうしているうちに、大森林らしき緑色がギリギリ視認できるところまで近づいてきた。

「ん？」

その時、先行させたインフィレーネがモンスターを捉えた。

それも一匹、二匹じゃない。数十匹、数百匹単位だ。

そしてその様子がまた尋常《じんじょう》じゃない。

どいつもこいつも一心不乱に俺の方へと向かって来る。まるで何かに追われているみたいに。

「……どうなってるんだ？」

俺は訝しく思いながらも、レグナータにぶつかりそうなモンスターをインフィレーネで殲滅しつつ、他のモンスターは放っておいて、そのまま森へと向かう。

俺になすすべなくモンスターが殺されているにもかかわらず、他のモンスターはそれを全く気に留めることなく俺の後方へと走り去っていく。

俺の姿は、インフィレーネで隠れて見えないから分からないでもないが、こいつら他のモンスターがやられてなんとも思わないのか？

『どうやら森で何かが起こっているようですね』

「そうだな」

俺はバレッタの予想に相槌を打った。

一体何が起こってやがる……

とても嫌な予感がする。

とはいえ、依頼を受けた以上、なんの理由もなく、成果なしで引き返すわけにはいかない。

最低限森で何が起こっているのかくらいは調べて報告しなければならないだろう。

俺は森の様子を探るために、レグナータをさらに加速させた。

レグナータを降りて森に入ると、中は異様な静けさが支配していた。

あまりに静かすぎる。モンスターどころか、普通の獣さえ一匹たりともいなくなってしまったかのようだ。

俺はインフィレーネを最大展開しながら周囲を探っていく。

一時間ほど奥へと進んだ時、インフィレーネに一つだけ反応があった。

その地点に急行すると、そこにあったのは山だ。それ以外は見当たらない。

「おかしいな。この辺りから反応があるのに。山以外見当たらない」

いや待て……こんな森の中に山がポツンとあるのは変じゃないか？

まさか……
『ええ、そのまさかのようです』
バレッタの声に合わせて、地鳴りのような音とともに地面が振動し始める。
――ゴゴゴゴゴゴゴゴゴゴッ
「ヴォオオオオオオオオオオオオオオン！」
俺がその正体に気づいた瞬間、耳をつんざくような轟音《ごうおん》が辺り一帯を覆いつくした。

◆　◆　◆

時は少し遡《さかのぼ》り、ケンゴがリンネとの修業に励んでいた頃。

「くそっ！　あの下賤《げせん》な平民め！　絶対に許さんぞ！」

一人の男が肩を怒らせ、近寄りがたい雰囲気を纏って町中を歩いていた。

彼の名はギルバート。数日前までリンネ親衛隊と呼ばれる組織を率いていたBランク冒険者だ。

ケンゴに敗れた挙句、リンネに罪を明らかにされたことで、冒険者として勢いが失墜《しっつい》してしまった彼の周りには、すでに取り巻きはいなくなっていた。

実は彼は別の国からアルセリオンへの足掛かりとして送られた人員の一人だった。

リンネの名前を利用して勢力を拡大するその目論見《もくろみ》は半分は成功していたのだが、先日のギルドの訓練場での出来事が止《とど》めとなって失敗に終わった。

街の人々が彼の姿を認めると、コソコソと噂話をし始める。

「おい、見ろよ、あいつ新人にボコボコにされた奴だぜ」

「ああ、そのうえリンネ様の名前を使ってやりたい放題していたんだろ？」

「そうだ。色んな人が被害を受けていた」

「そりゃあいい気味だな」

称賛と憧れの視線が一転して、蔑《さげす》みと嘲笑《ちょうしょう》へと変わったことに苛立ちを覚えたギルバートは、周りに当たり散らかすために怒鳴り声を上げて威圧した。

「ちっ。何を見ている、この下民ども！」

「ひっ」

「逃げろ！」

「殺される！」

腐ってもBランクの高ランク冒険者。

一般人とは比べ物にならない力と戦闘技術を持っている。

そんな人間から一般人が威圧を受ければ、震え上がるほどの恐怖が湧き起こるのは当然だった。

「許さん、許さん、許さん！　あの虫けらには目にものを見せてくれる！　しかし、どうしたものか……」

一般人の態度がギルバートの感情を煽り、さらにケンゴへの憎しみを増長させる。

完全に逆恨みだが、面子《メンツ》を重んじる貴族の一員である彼にとって、そんなことは関係なかった。

ただ、リンネに完全に敵だと表明されてしまったし、ケンゴも自分を倒すほどに強い。だから、正面から挑むことは愚策であると理解していた。

そのため、それ以外の方法でケンゴとリンネに復讐できないかをギルバートは真剣に考える。

しかし、リンネは完全無欠のSSSランク冒険者。

武力でどうにかするのは難しいし、権力でもどうにもならない。

ただ、リンネがケンゴに入れ込んでいることは、部下から報告された事実により確実だった。

「あの男さえどうにかできれば、リンネにも思い知らせることができるはず……」

もしケンゴの身に何かあれば、リンネにも精神的な苦痛を与えることができるはずだとギルバートは考える。

しかし、そのような手段も思いつかない。

それがなおも彼の心を逆立てるが、何もできそうなことがないため、苛立ちは増すばかりだ。

——ザワザワザワザワ……

立ち止まって考えていると、遠巻きに蔑むような視線が集まってきた。

ギルバートはそれを避けるように再び歩き始める。

それがまた、高貴な身分である自分がどうして逃げるような真似をしなければならないのかと、感情を逆撫でし、イライラが止まらない。

そんな時、商人たちの話がギルバートの耳に届いた。

「これってどこで獲れる果物だ？」

「南の大森林だな」

「ほう……仕入れに行こうかな」

「やめとけやめとけ。そろそろギガントアッポーがなる時期だ」

「ああ～、そういえばそうだったな。じゃあ一緒にアイツが出るはずだし、避けた方がいいな」

その時、彼らの話を聞いたギルバートの頭に一つの作戦が思い浮かんだ。

「そういえば、あの下民はよそ者だったな」

ギルバートはケンゴの姿を思い浮かべ、その容姿や服装から、どこか遠い場所からやってきた来訪者だろうということを思い出した。

外部の人間であれば、この国の人間なら当然知っていることを知らない可能性が高い。

そうであれば、この時期に南の大森林にやってくるあの化け物を使えば、ケンゴに痛い目を見せることも可能ではないだろうか。

しかし、自身が関わっていると分かれば、敵対したケンゴが疑いを持つのは間違いない。

そのため、実行には協力者が必要だ。

「ふむ。そうと決まれば、あの小賢《こざか》しい商会がいいか」

そして、ギルバートは協力者にアタリを付ける。

それはマルモーケ商会。

アルクィメスを中心として商《あきな》いを行い、最近他国への進出を目論み、自分に近づいてきた商会の一つだった。

ギルバートの祖国での商売ができるように手配してやれば、必ず彼らは乗っかってくるだろうと彼はほくそ笑む。

光明が見えたギルバートはテンションを上げ、早速家に帰るとマルモーケ商会に使いを出した。

数日後、ギルバートは早速代表のマルモーケを自宅に呼び出し、早速自身の目論見を打ち明けた。

「ギルバート様。本日はどのようなご用件で？」

「うむ、実はな……」

自国での商売の援助を餌《えさ》にして、ケンゴへの指名依頼を出すように提案した。

予想通り、マルモーケは一も二もなくその提案に飛びついてくる。

そして南の大森林に棲息するという希少なモンスター、クオンティラビットを捕獲してほしいという依頼を出した。

ただ、何も関係のないマルモーケ商会が依頼を出せば、ケンゴに疑いを持たれてしまうと懸念したギルバートは、ケンゴのことを調査し、彼に依頼するためのもっともらしい理由をつけた。

後日、ギルバートが考えた妙案は冒険者ギルドに通った。

冒険者ギルド側がこの時期の南の大森林にやってくる化け物のことを忘れていたのか、依頼を受理した担当者が知らなかったのかは分からないが……

そしてこの策のいいところは、仮に失敗したとしても、自分が失うものは何もないことだ。

まずもってギルバートに辿り着くこと自体、依頼主が違うから難しい。

もし勘付かれても、ただ依頼を出しただけで、別に罪に問われるようなことは何もないと言い張れる。

ギルバートは自身がたてた策を自画自賛した。

数日後、冒険者ギルドに依頼を出しに行ったマルモーケから、ケンゴがなんの疑いもなく指名依頼を受けたとの連絡があった。

「あはははっ。これであの下賤な男も痛い目を見ることだろう」

その報告を聞いたギルバートは高笑いをして、作戦が上手くいったことを喜ぶ。

「ほらほら、酌をしないか」

「うふふふっ。承知しました」

まだ、結果が分からないにもかかわらず、すでにもう成功した気になったギルバートは、金にものを言わせて娼婦《しょうふ》や見目麗《みめうるわ》しい女性を家に呼び、盛大にパーティを開いた。

それは毎日のように開催され、ギルバートは湯水のようにお金を使った。

◆　◆　◆

山のような怪物の咆哮《ほうこう》に、ビリビリと空気が震える。
俺――ケンゴはインフィレーネに守られているため、轟音を耳にしても鼓膜《こまく》が破れるような被害はないが、普通の人間ならこの音で気絶してしまうだろう。

うひゃー、なんだよこいつは！

体高と体長が数百メートルはある。山だと思ったのも当然だろう。俺はエイダスを使って、全体像を把握しつつ解析を行った。

「ギガントツヴァイトホーンか……」

『私が眠っている内にこのような生物がこの星に生まれていたとは、驚きです』

見た目は山のようにでかいマンモスってところだ。

流石のバレッタさんもその巨体を見て驚いていた。

何やらめちゃくちゃデカいリンゴみたいな果物をむしゃむしゃと食べている。

もちろんギガントツヴァイトホーンの大きさから比べればそれも微々たるものだが、それでも一個あたり十メートルはありそうだ。

それが木に生るのではなく、スイカみたいに地面にいくつも並ぶように生《は》えている。

もっと言うとサイズ的には、建っていると言っていい。

そんな建造物のようなサイズの果実は、鑑定結果によると、ギガントアッポーという名前だった。

デカい、とにかくデカいリンゴって感じの果物だ。

ギガントアッポーはこいつの好物ってことなのか？

この時期にその実がなるから食べに来た？

俺がクオンティラビットを捕まえに来たタイミングで？　偶然か？

それにこんなデカい魔物がいるなら、ギルドが警告したり立ち入りを禁止したりするだろう。

俺は何か作為的《さくいてき》なものを感じた。

しかし、なんにせよ、こいつをどうにかしないとクオンティラビットの捕獲依頼を達成できない。

隠れてしまっているのか、逃げてしまったのか、森の中にクオンティラビットらしい見た目のモンスターは見当たらないからな。

それに、こいつが通ってきたであろう跡には何も残っておらず、全てが踏み荒らされていた。

そこにあったはずの人の営みや自然などを確実に破壊してきたことは容易に予想できた。

それほどの被害をもたらす存在をこのまま放っておくわけにはいかない。

「グォオオオオオオオオンッ」

ギガントツヴァイトホーンから見れば蚊のような存在の俺だが、自分のテリトリーに入ってしまったのが許せないのか、向こうから攻撃を仕掛けてきた。

俺は素早く後ろに下がるが、鼻が長すぎて躱《かわ》しきれない。仕方がないのでインフィレーネで障壁を作り、受け流すように攻撃を逸らした。

――ドンッ
障壁に未だかつてない程の衝撃が走る。

しかし、ギガントツヴァイトホーンの攻撃では、インフィレーネの障壁を破ることはできなかったようだ。

おかげでインフィレーネの防御の耐久性が分かった。

攻撃をやり過ごした俺は即座に傍に駆け寄り、思いきり刀で斬ってみる。

——バサァ
全く手ごたえの無い感触に、俺は困惑してしまう。

どうやら表皮を覆っている体毛によって斬撃が吸収されてしまうようだ。

「チッ。グラヴァール流抜刀術、輝星《きせい》！」

俺は舌打ちして一度鞘に刀を収めると、腰だめに構えて、リンネが修めているグラヴァール流剣術の抜刀術の一つを放つ。

その技は、刀に強力な魔力を纏わせ、鞘から抜く際に星のように輝くことから輝星と呼ばれていた。

——ザクッ
ほんの少しだけだが、手ごたえがあった。

しかし、ギガントツヴァイトホーンは意に介すことなく、その長い鼻を俺に振り下ろす。

再びインフィレーネの障壁で俺は鼻の激突を逸らした。

「くっそ。これでもダメなのかよ。大きいだけじゃなくて防御力もかなり高いな」

俺はギガントツヴァイトホーンの防御力に少し驚いた。

今までダンジョンで戦ったモンスターなら輝星を一発放てば倒せたのに、この相手には全然ダメージが与えられていない。

こいつはダンジョンのどのモンスターよりも強い。そう確信した。

「なら、普通じゃない攻撃といきますか！」

俺はそう言って、防御に必要なインフィレーネを最低限残すと、他の欠片を全力でぶつけた。

インフィレーネが、ギガントツヴァイトホーンの表皮に突き刺さる。

しかし、ヘカトンケイルの時のように貫通することはなく、ダーツのようにただ先端が刺さっただけで止まってしまった。

「はぁ!?」

『なかなかの耐久力ですね』

俺がギガントツヴァイトホーンの防御力に驚愕していると、バレッタが冷静に分析しながら、その防御力の高さに感心する。

「グォオオオオオオオオン」

ただ、見た目以上にインフィレーネでの攻撃は、ギガントツヴァイトホーンにダメージを与えているらしい。

痛みを覚えているようで、大きな目がギョロリと動いて俺を捉えた。

ドゴンッドゴンッ、とその場で地団駄を踏み始める。

「うぉおおおおお!?」

数百メートルの巨体が生み出す震動を受けて、俺は地面に立っているのが難しくなった。

そこで俺は、足下にインフィレーネの障壁を展開させて、その上に立つという解決策によって、事なきを得る。

「こんだけの巨体だと、じたばたするだけでこれかよ。たまんねぇな！」
俺は悪態を吐きつつ、インフィレーネを操作して、全てからビームを放った。
直撃と同時にジュウッと肉が焼けるような臭いが漂う。
効いてるか？
「グォオオオオオオオオン」
再び咆哮をあげると、地団駄がさらに激しくなった。
あたりの地面が割れ、木々もバキバキと倒れていく。
うーん、効いてはいるけど、表面が火傷《やけど》のように爛《ただ》れるだけか。
デカさが数百メートルもあると、この程度の火傷は焼け石に水って感じだな。
仕方ない……ここは潔《いさぎよ》く諦めるか。
これ以上チマチマ削っていても無駄なあがきになるだけ。
それならさっさと決断するのが吉。
俺は思考を切り替えた。

◆　◆　◆

私――リンネは、指名依頼を受けて出発したケンゴを見送ると、そのままダンジョンへと向かった。

最近はケンゴの修業に付きっきりだったので、たまにはダンジョンの深層に行って、私自身も腕を磨きたい。

ダンジョンの入り口に着くと、門番が声をかけてきた。

「あ、リンネ様！　おはようございます！　今日は剣神殿はご一緒ではないので？」

「ええ。指名依頼があったからそっちにいってるわ」

「そうでしたか。今日はおひとりで寂しいかもしれませんが、お気をつけて」

「余計なお世話よ！　ケンゴはただの恩人ってだけなんだから！」

私は、門番の言葉を否定してからダンジョン内へと潜っていく。

私とケンゴはこ、こここ、恋人とかじゃないんだから！

そう、転移して知り合いがいないケンゴが可哀想で一緒にいるだけなんだからね！　わたしが親切だから！　好きとかそういうんじゃないんだから！

心の中で言い訳をしながら草原エリアへと足を踏み入れ、転移の像に触って、私は七十一階層へと飛んだ。

「ギシャァ」

早速Sランクの巨大な蜘蛛《くも》のモンスターが現われる。

そのクイーンデーモンスパイダーを相手に新しい武器を試すことにした。

剣を引き抜くと、フワリと体が軽くなる。

まるで体の重さを感じない。

これがシルフィオスの力ってことね。

私は軽くなった体の動きを確かめながら、斬撃を繰り出す。

直径二十センチはある蜘蛛の足が、それほど力を入れなくても抵抗なく切れてしまった。

すごい。なんて剣なの。

手への馴染み方、重さ、振り味、その全てが誂《あつら》えたかのように私にピッタリだった。

その後、蜘蛛の攻撃を最低限の動きで躱しながら、足を全て切断し、頭に剣を突き刺す。

蜘蛛は絶命し、脚から力が失われて胴体が地面に落ちた。

私は剣を胸の前まで持ち上げて、その表面を見つめた。

「ふぅ……すごい剣をもらってしまったわね……」

そんな時、ふとケンゴの顔を思い出す。

私よりも年上の容姿。その優しい笑顔、そして鍛え上げられた肉体。

それらが私の脳裏に焼き付いて離れない。

「ケンゴは大丈夫かしら……」

今日は一緒にいないケンゴに思いを馳せる。

そして虫の知らせのような妙な胸騒ぎを覚えた。

何かとんでもないことを見落としている……そんな予感がする。

特に依頼自体には何の不審な点もなかったはずだけど……

私はその胸騒ぎをかき消すかのように、剣を振ってモンスターたちを殲滅していく。

しかし、殺せば殺すほど心の焦りは増すばかり。

なんなの……この気持ち……

私は初めての感情に戸惑ってしまう。

ケンゴはあの未踏破ダンジョンのボスさえ一方的に倒せる男。

彼にならば何かあっても問題ないはず。それなのに、言いようのない不安が心を襲う。

そんな気持ちを抱えながら戦っていたせいか、私は普段ならあり得ないミスをした。

「しまった！」

今戦っているのはSSランクのモンスターであるブラックミノタウロスキング。

ぼんやりとしたまま倒しているうちに、いつの間にかかなり奥まで来てしまっていたようだ。

SSランクともなれば、私でも油断をすればやられかねないほどの強さ。

当然ブラックミノタウロスキングはその隙を逃すことなく、斧の斬撃を放つ。

助けて、ケンゴッ！

私は無意識に心の中でアイツの名前を叫んでいた。

——ガンッ
その時、敵の攻撃を阻む透明な障壁が現われて、私を守った。

そうだ、私にはこれがあったんだ。

ケンゴは一緒にいないのに私を守ってくれている。

頭の天使の翼を模した髪飾りに手を置き、「ありがと」と呟いてから、気持ちを落ち着かせると、ブラックミノタウロスキングを神速の剣をもって切り捨てた。

「ふぅ……今日はもう駄目ね……」

剣を収めながら、私はそう呟いた。

戦闘への集中力を欠くようではすぐに死ぬ。こんな状態で冒険を続けるのは難しい。

そう判断した私は、ダンジョンを後にして地上へと帰還した。


「リンネ様！」

ギルドに入るなり、キラリが私に駆け寄ってくる。

一体何があったんだろう。

緊急の依頼だろうか。それとも誰かが行方不明になったとかだろうか。

私が首を傾げると、キラリが言葉を続けた。

「リンネ様、よく聞いてください。これは完全にギルドの落ち度ですが、誰でも知っていると思い、当たり前すぎて抜けてしまった情報がありました。この時期の南の大森林にはギガントアッポーが実るという話なんですが」

非常に申し訳なさそうに、泣きそうな顔でそう言うキラリを見て、彼女が次に言おうとしている言葉を察した。

私もすっかり忘れていた。

この国に住んでいるのなら、誰もが知っていて、いつの間にか暗黙のルールになっていたからだ。

「それって……つまり……」

「そうです。ＳＳＳランクのあなたでも歯が立たない魔王種モンスターの一体、ギガントツヴァイトホーンがギガントアッポーを食べるために移動してきているはずです。あぁ、どうして今まで気づけなかったのでしょう……」

キラリの口からはっきりと伝えられて、私は愕然とした。

ダンジョンでの胸騒ぎの正体はこれだったのね！

ギガントツヴァイトホーン。アレが相手ではケンゴでも危ないかもしれない！

「ケンゴ！」

そう思ったら、我を忘れて彼の名を叫び、なりふり構わずに助けに向かうために走り出していた。

◆　◆　◆

「一気に決着をつけますか！」

『ケンゴ様、アレを使うおつもりですか？』

俺が高らかに言うと、バレッタが確認を取る。

「おう」

本当は、リンネから教わった剣術で倒したかったたし、それが無理でもインフィレーネを操作して……つまるところ俺の力で討伐したいと思っていたのだが……

ここまで攻撃が通じないとなると仕方ない。

だから俺は自力での討伐を諦めた。

何も倒すこと自体を諦めて逃げるという判断をするつもりはない。

そうと決まれば、打つ手はある。

俺はエイダスから倉庫にアクセスして、レグナータと一緒に格納されていた銃らしき物体を取り出した。

黒塗りで立体パズルのように凸凹《でこぼこ》していて、所々から青い光が漏れ出ている。

倉庫で説明を読んだ限り、この銃ならあの巨体を消し飛ばせるような気がしていた。

『流石はケンゴ様。よく見抜かれていますね。その銃――エクスターラは、周囲の魔力や次元の歪み、あるいは量子エネルギーといった膨大なエネルギーを取り込み、それを撃ち出すという、私どもの文明の殲滅兵器です』

俺が思っていた以上にとんでもない代物《しろもの》だった。

インフィレーネが攻撃も多少できる最強の盾だとするなら、このエクスターラは最強の矛《ほこ》だ。

この武器で決着をつけさせてもらう。

俺はインフィレーネの足場を保ちつつ、ギガントツヴァイトホーンから距離をとった。

「少し離れただけで、その大きさがより際立《きわだ》つなぁ」

俺はギガントツヴァイトホーンを見上げながら呟く。

「さて、やるか。ディストラクションモード、ロック解除」

手に持った瞬間、エイダスを通じて仕組みの理解がすんなりできるようになった。

『イエス、マイマスター。声紋認証確認。第一ロック解除』

俺の声を合図に銃から音声が発せられる。

『魔力紋認証確認。第二ロック解除……個体の照合を開始します……第三ロック解除。全ロック解除完了』

よし、これで撃てるようになったな。

「ディストラクションモード起動」

『イエス、マイマスター。ディストラクションモード、イグニッション』

俺の声に応じて持っていた銃が変形を始めた。

最初は片手で扱えるほどの大きさだった銃が、対物ライフルのような大きさへと変貌《へんぼう》を遂げる。

ただ、重さはそれほど感じない。

『ディストラクションモード、スタンバイ』

ひゅー。めちゃくちゃカッコいい！

初めて倉庫で見た時から、一度は使ってみたいと思っていたんだよな。

でもこのレベルの兵器を使う機会なんてそうそうない。

そういう意味では、今回のモンスターとの遭遇はラッキーでもあった。

危険を察知したのか、ギガントツヴァイトホーンが巨大な鼻を振り回す。

しかし、その攻撃は全てインフィレーネによって阻《はば》まれた。

インフィレーネの障壁は、万に一つも壊れないように何重にも重ねて展開している。

これならエクスターラを使う間に、インフィレーネが攻撃を通すことはないだろう。

「いくぞ！」

俺はライフルの照準器《しょうじゅんき》を奴の頭の中心に合わせる。

「ディストラクションブラスト、発動！」

『ディストラクションブラスト、発射します。魔導エネルギー充填開始……完了』

元の青白い光が一段と輝きを増した。

『次元エネルギー充填開始……完了』

何か得体の知れないエネルギーが取り込まれたような、そんな感覚を覚える。

『量子エネルギー充填開始……完了』

そしてそのまましばしの待機時間の後――

銃身の先に三種類の色のエネルギーが集まり、絵の具のように混ざり合って、漆黒の光へと変化した。

『発射まで五、四、三、二、一……発射！』

俺はその引き金を引いた。

カウントと同時にそのエネルギーが圧縮されていき、発射直前にそのエネルギーは一度消えたかに見えた。

しかしその直後、銃から前方数メートルの位置に、直径数十メートルはあろう黒い光が突如発生した。

その光はギガントツヴァイトホーンへと向かい、勢いよく直線を描くように伸びていく。

ギガントツヴァイトホーンは光から身を守ろうと身をよじるが、その光はあろうことか湾曲《わんきょく》し、照準器で合わせた脳の部分を何の抵抗もなく、スッと貫いた。

そのまま空まで伸びていくと、その後霧散した。

――ドシィィィィィンッ
頭に穴を開けたギガントツヴァイトホーンが倒れる。

地団太を踏んだ時ほどではないが、大きく地面を揺らし、そのまま動かなくなった。

「俺にこの超文明兵器を使わせるとは……なかなかの強敵だったな」

俺はエクスターラを肩に担ぎ、ニヤリと口元を吊り上げて呟いた。

今は一人だし、多少イタい言葉を吐いてもいいだろう。

俺は満足した。

「ディストラクションモード終了」

『ディストラクションモードを終了します。ロックしました』

俺は役割を終えたエクスターラを通常モードに移行させて、元のサイズに戻ったそれを倉庫にしまった。

一仕事終えた俺にバレッタの称賛が飛んだ。

『とてもカッコよかったですよ、ケンゴ様』

やめてくれ！　恥ずかしすぎる！

今さらながら思わず手で顔を覆いたくなる衝動に駆られるが、グッと堪えた。

「そういえば、このギガントツヴァイトホーンって倉庫に入んのかな」

『問題ありません』

流石パーフェクトメイドバレッタさん、話の展開が早くて最高だ。

『お褒めいただきありがとうございます』

完全に心の声を聞かれているのももう驚かなくなってきた。

さて本来の目的のクオンティラビット探しをしてさっさと帰りますか。

俺はギガントツヴァイトホーンを倉庫にしまい、森の内部を探索し始めた。

それから数十分森のあちこちを回るが、ターゲットは一向に見つかる気配がない。

「どこにいるんだ……」

ギガントツヴァイトホーンのせいでどこかに逃げてしまったのだろうか。

すると、どこかから子供みたいな高い声が聞こえた。

『ふふふふっ……』

『倒した！　倒した！』

『凄い！　凄い！』

クオンティラビットが見つからずに途方に暮れている俺の近くに、いつの間にか三つの発光体が浮かんでいた。

探知にも引っかからない謎の存在に俺は警戒心を引き上げる。
「何者だ！」
三つの発光体がびくっとしながら、身を寄せ合ってコソコソと会話をしている。
『え⁉　私たちが見えるの⁉』
『姿消してるのに⁉』
『この人間おかしいよ⁉』
よく見ると、その発光体の中にはフィギュアサイズの女の子らしき姿が見える。
背中には半透明の羽を生やしていて、まるで妖精《ようせい》みたいだった。
「聞こえてるぞ。お前たちは何者で俺に何の用だ」
俺は妖精の声に応えるように話しかけた。
『私たちの言葉が分かるの⁉』
『そんな人間見たことないよ！』
『どうしよう？　逃げる？　逃げる？』
彼らの言葉を聞く限り、どうやら普通の人間は彼らの言葉が分からないらしい。
しかし、俺には特に問題なく、聞き取ることができる。
「そういえば……」
俺はふと思い出し、ステータスを開いて改めて確認する。

［名前］　　　ケンゴ・フクス
［種族］　　　普人族
［固有スキル］　言語理解
［スキル］　　動物たらし

「やっぱりか……おかしいと思った」

自分の考えが的中していたことを知って、俺は頷く。

最初に『奈落』にいた頃から、俺はずっとモヤモヤとしていたことがあった。

それは一億年以上も遺跡にあった、あの魔法陣の形をした暗号が見つからなかったということ。

今まであそこに送られて死んだ人間が沢山いたのは見ていたし、彼らだって転移した部屋は同じなのだから、誰も暗号に気づかないとは考えにくい。

いくら天井にあったといっても、一人くらいは目にしていたはずだ。

であれば、なぜあの船が置かれたままだったのか。

それは、他の人たちは気づいても読めなかったんだ。

つまりこれは俺が最初に手に入れたスキル『言語理解』の恩恵。

「これが俺のスキルの力か……」

俺はボソッと呟く。

普通のスキルも俺の固有スキルも同じ名前だったせいで、召喚直後は能力に違いがあるとは思わなかった。

しかし、普通のスキルと固有スキルではその性能が全く違う。

つまり、俺の言語理解スキルは今では失われてしまった言語や、全く違う種族の言語も理解できるというスキルだったわけだ。

今は確認できる術がないから分からないが、恐らく普通の言語理解スキルに関しては、異世界の共通言語を理解できるくらいではないだろうか。

思わぬ所で俺のスキルの力が判明することになったな。

「ほら、お菓子はどうだ？」

お近づきになるために、俺は妖精っぽい種族に倉庫からお菓子を取り出して見せた。

『お菓子？』

『甘い匂いがするぅ』

『美味しそう！』

その効果は劇的で、先ほどまで俺を警戒していた彼らは、すぐにお菓子が乗せられた俺の手に群がってきた。

その時には発光も収まっていた。

「食べてもいいぞ？」

俺は、涎《よだれ》を垂らしてお菓子を見つめる妖精たちに勧めてやる。

『いいの？　ありがとう！』

俺の言葉を聞いた途端、妖精たちは手のひらに乗っていたクッキーに齧《かじ》りついてモグモグと食べ始める。その姿はまるで猫や犬のようなペットみたいで可愛らしかった。

『満腹～』

『美味しかった！』

『初めての味』

クッキーを食べ終えると、三匹の妖精は横になって空を漂う。

まさかの完食だ。人間がタイヤくらいのクッキーを食べるサイズ感なのに、よく全部食べたな。そのお腹はポッコリと膨らんでいた。

俺は妖精の食欲に感心した。

「俺はケンゴだ。お前たちは？」

『僕たちは妖精族。名前はエア』

『私はリア』

『あたしはピア』

俺の予想通り、彼女たちは妖精族という種族であっているらしい。

俺の自己紹介に続いて、三人とも元気に挨拶をしてくれた。

話もできるし、友好そうな種族で良かった。

「ちょっと聞きたいことがあるんだが、いいか？」

『何～？』

『なんでも聞いて』

『いいよ～』

一度気を許すと、もう警戒しないのか、俺の言葉にもすんなりと返事する妖精。

「この辺でクオンティラビットっていう動物は見なかったかと思ってな」

ダメもとで詳細を伝えながら目的の動物について知らないかを尋ねた。

『ああ。その動物なら知ってるよ』

『案内してあげる』

『こっちこっち』

どうやら妖精たちはクオンティラビットの居場所を知っているらしく、俺を先導しながら飛び始めた。

よし！

ギガントツヴァイトホーンのせいで逃げてしまい、捕まえるのは無理だと思っていたが、彼らのおかげで手に入りそうだ。

彼らの案内に従ってついていったら、あっさりとクオンティラビットの巣を発見することができた。

巣があったのは木の根元に空いた穴で、他の動物たちからも分かりにくい場所だ。

インフィレーネで体を隠して、外からは見えない状態でその巣に近づいていく。

探知する限り、その巣の中には五匹のクオンティラビットがいた。

「間違いなさそうだ」

巣まであと五メートルもないくらいまで近寄った時、五匹のうちの一匹が体を外に出した。

辺りに外敵がいないかキョロキョロと窺っているようだ。

しかし、インフィレーネによって完全に隠蔽《いんぺい》されている俺は、感覚の鋭い動物でも見つけられない。

そのまましばらく辺りを探った後で、ラビットは巣の中に体を戻した。

その個体はまさにキラリさんが言っていた特徴を兼ね備えていて、淡く光を放っていた。

俺はインフィレーネを先行して侵入させ、内部を窺う。

巣の中にいたクオンティラビットはどれも成体で赤子はいない。

「悪いが、俺も仕事なんでな……」

平穏に暮らしていた生活を壊すのは悪いと思いながらも、彼らをインフィレーネの結界で覆って、真空状態を作った。

中の空気がなくなって数分、彼らはあっさりと意識を手放し、ぱたりと倒れる。

彼らが意識を失ったのを確認したら、巣に近づいて倉庫の中に放り込んだ。

「それじゃあまたな」

『ばいばーい』

『またね！』

『お菓子ありがとー』

クオンティラビットを見つけることができた俺は、たんまりとお菓子の入った袋を持ちやすいように加工して渡し、妖精たちに別れを告げた。

そのまま森の外に出ようとした時、エアが俺の顔に近づいた。

『あ、ちょっと待って』

――チュッ
そのまま俺の額に柔らかな小さい感触とともにリップ音が鳴る。

「な、なんだ？」

『私達妖精の親愛の証だよ。これがあれば同族や近い種族と会っても大丈夫。それじゃあまたね！』

困惑する俺を取り残して、彼らは飛び去っていった。

親愛の証って言われたけど、そのままにしておいてもいいのだろうか。

『害意や呪いの類の気配はありません。どちらかと言えば好意を感じるので、放っておいても問題ないかと思います』

「了解」

俺の心の声に返事をするバレッタ。

その言葉に従い、特に何もせずに放置することにした。

パーフェクトメイドのバレッタさんに任せておけば、問題が発生することはないだろう。

ちなみに、クオンティラビットを五匹狩ったのは自分でも食べてみたいから。

絶品と聞けば気になるというもの。それにここまでの苦労をして自分の取り分がないのも嫌だ。

折を見て、バレッタに調理してもらおうと思う。

『お任せください』

バレッタもやる気なので期待できそうだ。

妖精たちと別れた俺は、森から出てレグナータに乗るとアルクィメスを目指して走り出した。

第九話　仕返し

レグナータを走らせている最中に俺は考える。

それは俺が向かった大森林にいたあの巨獣についてだ。

あんなデカくて甚大な被害を与えるモンスターは普通に現れることはなく、もし出てきたらSSSランク冒険者が総出で討伐しにいくことだろう。

しかしあの放置のされ方、そして他に冒険者がいなかったことを考えると、そもそもこの時期のあの場所は避けられている可能性がある。

つまり……あいつはSSSランク冒険者でも倒せないモンスターの一体である可能性が高い。

もしかしたらあのクソ国王が言っていた魔王種か……？

そこまではいいとしても、そんなモンスターの動向を情報に敏《さと》いはずの商会が把握してなかったとは思えない。

それらが指し示す一つの可能性……それはギガントツヴァイトホーンがやって来る時期に合わせて、俺がこの森に送り込まれたのではないかということ。

あまりにきな臭すぎる。

俺は一刻も早く真相を探るためレグナータを飛ばした。

街の門まで着くと、門番が声をかけてきた。

「あ、剣神殿。お早いお戻りですね」

「ああ。依頼が終わったからな」

「流石ですね。今回も簡単だったでしょう。それではお通りください」

「ああ、まあな。ありがとう」

門番と軽く会話をして首都の中に入ると、まずは情報収集を始めた。

「おっちゃん」

「お、剣神じゃねぇか。だから俺はロドスだって言ってんだろ」

俺はすっかり顔なじみになったロドスの屋台にやってきた。

「別にいいだろ。どっちだって。五本くれ」

「やけに多いじゃねぇか。ちょっと待ってろ」

「おう。それで、ちょっと聞きたいことがあるんだが……」

「なんだ？」

ロドスが不思議そうな顔をした。

「マルモーケ商会ってどこにあるんだ？」

「ああ、あそこな」

ロドスはビッグボア肉串を焼きながら、マルモーケ商会の場所を教えてくれた。

ついでに商会の情報を聞き出す。

「ありがとな」

俺が悪い笑みをしていることに気づいたのか、ロドスが俺に耳打ちする。

「何を企《たくら》んでるのか知らないが、気をつけろよ」

「はいよ」

俺は礼を言ってから、ビッグボア肉串を持って歩き出す。

一本は頬張り、残りは倉庫に仕舞った。

貧乏舌のせいか、いつ食べても宿の料理よりおいしく感じる。

全部食べ終わった俺は、すぐにメインストリートから外れて、狭い路地へ入る。

『人影なし』

バレッタの報告により人がいないのを確認してから、自分の姿をインフィレーネで隠す。

そのままマルモーケ商会を目指して走り出した。

マルモーケ商会は、高所得層が住んでいる区画に存在している。

しかし、俺の身体能をもってすれば、屋根の上を移動することができる。

距離はあったはずなのに、一、二分程度でついてしまった。

目の前の建物は、見た目はゴテゴテしているわけではなく、他の商会とそれほど変わりがあるようには見えない。

俺は残りのインフィレーネ全てでマルモーケ商会の全てを探知しながら、店の中に入り、マルモーケを探す。

すると、見知った魔力反応を持つ人間がいた。

ギルバートだ。

「あの野郎……」

俺はすぐにギルバートがいる部屋へと向かうと、そこは明らかに商会主の部屋らしき場所だった。

ちょうどよくメイドがお茶を持ってやってきたので、彼女がノックして扉を開けると同時に中に侵入する。

ギルバートが口を開く。

「マルモーケよ、助かった。礼を言うぞ」

「いえいえ、とんでもございません、ギルバート様。今はギガントツヴァイトホーンが好物のギガントアッポーを食べにくる時期。そのケンゴという男も無事では済まんでしょう。町の住人たちには当たり前の話で、今では誰も気にも留めていませんがね」

マルモーケのこの説明で、俺は自分の予想が当たっていたことを確信した。

やはりこいつらが俺をギガントツヴァイトホーンと鉢合《はちあ》わせさせた犯人。

「ふふふ、あいつはこの辺りで見たことのないよそ者。服装もこの国にはないものだった。大方、どこかのダンジョンで転移にでも巻き込まれた遠く離れた国の人間だろう。だから、ギガントツヴァイトホーンのことは知らないはず。今頃何も知らないまま大森林に向かっている頃だろう。このまま奴がいなくなればリンネ様も正気を取り戻されるはずだ」

「それは喜ばしいことですな！　はっはっは！　それでは例の件よろしくお願いしますね？」

「分かっている。任せておけ」

やられたらやり返さないとなぁ。

満足げな笑みを浮かべて部屋を出るギルバートに、船の倉庫で見つけていた小型発信機『バレッタの微笑《ほほえ》み』をつける。

部屋に一人残ったマルモーケは高笑いした。

「くっくっくっ。これであの国の商いに参入できる……うっ⁉」

俺はその彼に近づき、インフィレーネで気絶させる。

さてこいつへの報復はどうするかなぁ……そうだ。こいつが貯め込んだ財産をいただいちゃうか！

『ケンゴ様を陥《おとしい》れようとするなんて許されません！　全部いただきましょう！』

バレッタが、俺のやろうとしていることを全力で後押ししてくれる。

俺はマルモーケの財産が置いてある金庫の中身に近づく。

もちろん鍵が掛かっているが、エイダスの解析機能を使えば、堅固だった鍵は秒速で開いた。

中にある物を全て倉庫に送ると、俺は別の物を捜し始める。

それは、裏帳簿や後ろ暗い取引の契約書、隠し財産が置いてある隠し金庫らしきものだ。

これも部屋全体を解析して見つけた後、サクッと解錠した。

俺は中身をいただいてから、再びインフィレーネで身を隠して商会を後にした。


商会を出た俺は、エイダスを使ってギルバートにつけた発信機の位置を確認し、その場所へと急行した。

発信機のある場所には、ゴテゴテとした豪華な意匠の馬車が走っている。

おそらく中にギルバートが乗っているのだろう。

このままあの馬車についていけば、奴の拠点までいけるはずだ。

俺は屋根やインフィレーネの障壁を足場にしながら、馬車の後ろを息も切らすこともなく尾行していく。

気づけば、別の国から来た貴族たちが滞在する区画へと馬車は入っていった。

「ふーん。やっぱりあいつは貴族だったのか」

あの傲慢《ごうまん》な態度を見ると、悪徳貴族のイメージにピッタリだよな。

さらについていくと、一つの屋敷へと入っていった。

「ここがあいつの家か……」

全体が石の壁とその上にある柵で囲われており、区画内でもそれなりの大きさのある屋敷。

建物の外見から、ある程度力がある存在だということが窺い知れた。

俺はジャンプをして柵を乗り越えて邸内に侵入する。

それからインフィレーネを使って、家の中や庭の隅々まであらゆる探知方法で探っていく。

見張りらしき人物もいるが、俺の存在を完全に隠蔽できるインフィレーネの前には無意味だ。

それに貴族の家だからと言って、特別なセキュリティ装置みたいな道具があるわけでもなさそうだ。

『仮にそういうシステムがあっても、この程度の家の警備など、あってないようなものです』

バレッタは敵に厳しい。

中にいるのは、使用人たちと数名の兵士、そしてギルバートだけだ。

あいつ結構若そうだけど、貴族の当主だったりするんだろうか。

とりあえず俺は裏口の鍵を外して、扉を開けて中へとお邪魔させてもらった。


室内はギルバートの性格らしいゴテゴテとした煌びやかな調度品で飾り付けられていて、少々目が痛いほどだ。

「あいつ、ほんと趣味悪いな」

『おっしゃる通りですね』

つい毒づいてしまう俺だが、バレッタが会話を続ける。

どうして出てきたんだ？

『会話をされたいかと思いまして』

確かに誰かと話している方が落ち着くかもしれない。

俺の視線の先で、あいつは部屋でのんきに昼間から酒を飲み始めた。

その隙に、俺はこの家の財産のある宝物庫へ向かった。

宝物庫の前に立っていた兵士は、人が近づいてこないことを確認して、インフィレーネで気絶させる。

扉にはカギとダイヤルがついていたが、それもすんなり開けた。

『先のマルモーケ商会もそうですが、今の時代はこんなにも時代遅れなセキュリティを使用しているんですね』

「宇宙船を作って星を旅することができるような時代から見れば、さぞ穴だらけだろうな」

『穴だらけというか穴そのものですね』

そりゃそうだよな。科学的にも魔法的にもはるかに発達した技術をもっていることが分かる、あの船が造られた技術を持つ国に比べれば、この世界の装置はさぞアナログに見えるだろう。

中に入ると、ギルバートが集めたであろう武器や防具、それに装飾品やアイテムなどが棚に綺麗に並べられていた。

「ふーん。腐ってもBランク冒険者ってことか」

『そうですね。リンネ様と比べればゾウとミジンコ程度の差のある冒険者ですが……見る限りそれなりの財産にはなりそうです』

俺は手当たり次第に倉庫に送り込んで、宝物庫の中を質の悪い装備品やドロップアイテムに交換していく。

奥に進むと、ひと際大きな宝箱が置いてあった。

中には、金ぴかに光り輝く金貨や銀貨の類がこれでもかと詰め込まれていたので、中身をなんの変哲もない石ころでいっぱいにしてフタを閉じた。

蓋を開けた時のあいつの顔を思い浮かべると笑えるな。

さて、宝物庫を物色している間に、ギルバートは寝ていたようだ。

念には念を入れるために、インフィレーネの結界でギルバートを覆い、睡眠作用を高めるリラクゼーションミストで内部を満たした。

これで当分目を覚ますことはないだろう。

俺はギルバートの部屋に侵入して、別の金庫を開ける。

そこにはいかにも怪しい書類の束が……

「こりゃ、まっ黒じゃねぇか。出るわ出るわ！　人買いやヤバい商品の取引、貴族として表に出せない所業の数々。これをリンネの名前を笠に着て、冒険者稼業の裏でやっていたのかと思うと、虫《むし》唾《ず》が走るな。後悔させてやろう」

『そうですね、やってしまいましょう』

バレッタも俺の意見に賛成のようだ。

これほどの悪事を働く奴には、きついお灸《きゅう》をすえてやらないとな。

俺はその書類を倉庫に送り、もう用はないとばかりにギルバートの屋敷を後にした。

冒険者ギルドに入ろうすると、中から俺の名前を呼ぶ声が聞こえた。

誰かが入り口に駆け寄ってくるのが分かる。

――ドンッ
衝突した人影を見て、俺は声をかける。

「ん？　リンネ、呼んだか？」

俺の胸に勢いよくぶつかってきた、よく知る女の子を優しく受け止めた。

真っ青な顔をしていたリンネが俺の顔を見るなり、目を潤ませて抱きつく。

「このバカ！」

「お、おっと……一体なんなんだ？」

突然の出来事に俺は困惑した。

事態を呑み込めないでいると、キラリさんも俺の方に走り寄ってきた。

「あ、ケンゴ様、よかった！　途中で引き返されたんですね！」

「ん？　なんの話だ？」

俺は彼女の言っていることが分からずに首を傾げる。

「依頼ですよ、依頼。放棄して戻ってきたのでは？」

ああ、なるほど。森まで一週間かかるものを一日くらいで戻ってきたから、クオンティラビットを獲ってきてないと思ったのだろう。

「いや、依頼なら達成したぞ。クオンティラビットは獲ってきた」

俺の答えにキラリさんは間の抜けた声を漏らして固まった。

「は？」

「リンネ、ちょっとキラリさんに説明するから、いい加減離れろ」

キラリさんが固まってる間にリンネを引き離そうとする。

「や」

だが、リンネは頑として離れようとせず、さらに俺の身体に頭を擦り付ける。

ギルドの真ん中でこんな状態じゃあ、沢山の人に見られるだろ。

流石に恥ずかしい。

しかし、キラリさんは、その状態のまま詳細を聞き出し始めた。

「あの～、森まで馬車で一週間はかかると思うんですが、本当にクオンティラビットを獲ってきたんですか？」

「なんだ？　疑ってるのか？　ほら、これが証拠だ」

俺はそう言って腕輪にアクセスすると、倉庫からクオンティラビットを取り出して、床に置く。

リンネを引きはがせないので、知られるのは面倒だが、その場でエイダスを使った。

「な⁉　どこから⁉　いえ、それよりもこれは……確かにクオンティラビットの特徴と一致していますね」

最初こそ急に出てきたことに驚いていたが、すぐにその関心はクオンティラビットそのものに移ってくれた。

キラリさんはしゃがんで、眼鏡を右手で直しながら、床にあるクオンティラビットの死体を検分する。

「だろ？」

「そうみたいですね。それであの～、森までの移動方法も気になりますが、それよりも森で何かおかしなことはありませんでしたか？」

一応納得した様子のキラリさんが、申し訳なさそうに森の様子を確認してきた。

このキラリさんの様子を見るに、後から気づいて慌てたのだろう。

「ああ、森の見えるところにモンスターが一匹もいなくなってたな。それからめちゃくちゃデカいモンスターがギガントアッポーって果物を食ってたぞ。最初は気づかなくて山かと思った」

「よくぞご無事で……あのギガントツヴァイトホーンから逃げながら、クオンティラビットを探すのは、さぞ大変だったでしょう？」

キラリさんが安堵した声色で俺を労《ねぎら》う。

「ん？　ギガントツヴァイトホーンなら倒したぞ？」

「……今なんと？」

意味が分からないとでも言うように、キラリさんが聞き返してきた。

「だからギガントツヴァイトホーンは倒したって」

「は？」

仕方ないのでもう一度答えると、クオンティラビットの時と同様にキラリさんの時が止まった。

俺とキラリさんの問答を聞いていた周囲の冒険者がひそひそ話を始めた。

「おい、聞いたか。剣神がギガントツヴァイトホーンを倒したってよ」

「あの誰も倒せない魔王種を？」

「マジなのか？」

ＳＳＳランク冒険者ですら倒せないというのは仮説程度に考えていた話だったが、本当だったっぽい。

「ケンゴ、ほんとに倒したの？」

悩んでいると、それまで顔を押し付けてきていたリンネの声が聞こえた。

「ん？　ああ。脳みそをぶち抜いて殺した」

「え？　あいつって私の斬撃もほとんど通らないのよ？　そんなことできるの？」

これは完全にやってしまったな。

余計なことを口にしたかもしれない。

俺は予想外の事態に苦々しい表情を作って頭を掻く。

「それより……もう放してよね……」

自分から抱きついてきたリンネはそんなことを言って、俺を軽く押した。

リンネに視線をやると、顔を赤らめて俺から顔を背《そむ》けている。

自分の行動をかえりみれるくらいには落ち着いてくれて何よりだ。

落ち着いてくれて何よりだ。

その一方で、周囲は騒がしさを増した。

「おい、あのギガントツヴァイトホーンの脳みそぶち抜いたらしいぞ」

「剣神ってマジでッベェやつなんだな、ヤッベェ！」

「ギルバートが簡単にあしらわれていたから、そりゃあ結構やるとは思っていたけど、ここまでとはな」

フリーズが解けたキラリさんが、再び確認する。

「本当にあの怪物を倒されたんです？」

「ああ。本当だ」

ここまで念押しで確認するなんて、それだけ信じられないことなんだろう。

俺がこれ以上ないくらい真剣な表情で強く頷くと――

「な、な、な……」

キラリさんが壊れたロボットみたいに震え出した。

「なんですってぇえええええええええ!?」

突然の大声。その声の大きさはロビー全体に広がるほどだった。

「ちょ、ちょちょちょちょ、ちょっと、わ、わわわ、私のところでは、た、たたた、対処しかねるあ、あ、案件なので、グ、ググゲ、グランドマスターにお会い、い、いただけますか？」

言葉をつっかえさせながらもキラリさんが頑張って案内する。

驚きすぎて上手く喋《しゃべ》れないようだ。

「まぁ、仕方ないよな」

それはそうと、ここでついに冒険者ギルドのトップとご対面になるとは。

こんなに早く会えると思っていなかったが、事態が事態だ。

「私もついていくわよ」

リンネが俺とキラリさんの会話に割り込んできた。

俺としては、冒険者に関しては勝手が分からないところもあるし、ついてきてもらった方が助かるな。

俺はキラリさんに確認をとる。

「俺は構わないが？　いいのか？」

「ほ、ほほほ、本人が良いと、おおお、おっしゃるのであれば、ももも、問題ないでしょう」

キラリさんはコクリと頷きながら答えた。

「それじゃあ、連れて行ってくれ」

「わ、わわわ、分かりました。そそそ、それでは、わわわ、私の後に、つつつ、ついてきてください」

俺たちは、ガッシャンガッシャンとロボのように前を進むキラリさんの背を追う。

しばらく後について歩くと、ひと際堅牢で立派な両開きの扉の部屋についた。

どうやらここがグランドマスターの部屋らしい。

キラリさんがドアをノックすると中から声が聞こえる。

「誰じゃ？」

「キキキ、キラリです……。グググ、グランドマスターに、ききき、聞いていただきたい、おおお、お話があり、ううう、伺いました」

キラリさんが外からしどろもどろになりながら要件を伝える。

「何を言っておるんだ？　まぁよい。入りなさい」

訝しげながらも、中から入室許可の声が聞こえた。

ガチガチになっているキラリさんがドアを開け、俺たちも続いて中へと入る。

部屋は書斎のような造りになっていて、机に座ってグランドマスターらしき人物がカリカリと何かの書類を書いている。

「それで、キラリよ、一体どうしたのじゃ？」

グランドマスターは頭を上げると本題を尋ねた。

その顔は好々爺《こうこうや》のような、優しそうな白髭《しろひげ》の老人である。

キラリさんがいまだ落ち着かないトーンで説明する。

「ははは、はい、おおお、落ち着いて聞いてくださいね。こここ、こちらのケンゴ様が、あのギ、ギギギ、ギガントツヴァイトホーンを、たたた、倒されたとのことです」

「お前が落ち着け。なんじゃと？　もう一度言ってくれ」

グランドマスターが耳に手をあてて再度尋ねた。

「で、ですから、ケ、ケンゴ様が、ギ、ギガントツヴァイトホーンを倒されました！」

深呼吸をして少し落ち着いたキラリさんが、少ししっかりした声色で答えると、グランドマスターは俺の方を見た。

「本当か？」

「ん？　本当だ」

俺が答えると、グランドマスターの顔が続けてリンネに向く。

「ケンゴがそう言うのなら、そうなんでしょうね」

リンネが呆れたような仕草で答える。

「な、な、な……なんじゃとぉぉぉ!?」

グランドマスターも、キラリさんと同じような驚き方で叫んだ。

何これ流行《はや》ってるの？

「そこまで驚かなくても……」

俺が困惑しながら呟くと、グランドマスターがこちらに掴みかかるかのような勢いで話す。

「いやいやいや、あいつはSSSランクが攻撃しても傷一つ負わない化け物じゃぞ？　これまでどれだけの国や人が犠牲になったか分からん。それを倒したと言われて、はいそうですか、なんて納得できるわけがなかろう！」

おう……分かっていたことだが、思った以上に大ごとみたいだ。

でもこの流れで国をあげて式典をするとかになったら、すげぇ面倒だ。

しかも、この国だけじゃないかもしれないし。

どうにかならないだろうか。

少なくとも、カッコいい武器を試しに使ってみたいから倒してみた、とか絶対言わない方がいいな、これ。

「俺は式典とかそういう面倒事はごめんだぞ？」

「うーむ。そうは言っても倒したことは、この国以外にも大きな影響を与えることじゃからの。全世界に発信せねばならん。そうなれば、誰が倒したのかという話にもなってくるじゃろう」

確かにそうなるよなぁ。

「なかったことにはできないか？」

俺は無理を承知で、この話自体を隠し通しきれないか頼んでみる。

死体は倉庫の中だし、倒した時の目撃者といえば、バレッタだけだ。

証拠はないし、話自体を隠せればそれに越したことはない。

だが、グランドマスターは首を横に振った。

「聞いたからにはな。それに魔王種の討伐は人類の悲願じゃ。誰もがその報告を待ち望んでおる。黙ってなどおれんよ」

感慨深げに語るグランドマスター。

確かにこの世界のこれまでを考えたら、あの巨獣がいなくなったことで安心して生活できる人も増えるわけだし、黙っておくのは可哀想か……

だとしたら、採れる手は一つ。

「そうか。そしたら面倒事になる前に俺が旅に出るのはいいか？」

倒した報告が世に出回る前に俺がここを去れば、グランドマスターの言う発信はできるし、俺は厄介事に巻き込まれずに済む。

俺がそう思ってグランドマスターを見ると、髭《ひげ》を触りながらグランドマスターが答える。

「本当は困るのじゃがな。とはいえ、ワシも元冒険者。お主が国の柵《しがらみ》や面倒事を嫌うのはよく分かるからのう。それならいいかもしれんな。周知には時間がかかるじゃろうから、各国の国王の耳に届く前なら逃げられるだろう。それに冒険者がいなくなるというだけなら、ギルドもそこまで関知せんからのう」

仮に詰め寄られても、連絡がつかないし、行先も知らないと突っぱねておくよ、とグランドマスターは笑った。

これはもう決まりだな。

「それじゃあ、前から考えていた未知のダンジョンや秘境巡りにでも行くか」

俺の言葉に目に見えてわかるくらいウキウキとした様子でリンネが答える。

「いいわね！　楽しみだわ！」

「リンネも行くのかのう？」

グランドマスターはある程度予想していたかのように尋ねた。

「もちろんよ。ケンゴはボッチだから一人にできないし、心躍る冒険は私の夢だからね」

「気を付けるのじゃぞ。それで、ケンゴといったかの。ギガントツヴァイトホーンの死体は森にあるのか？」

リンネを微笑ましそうに見た後、グランドマスターは話を切り替えた。

「いや、俺もアイテムバッグを持っているから、そこに入れている」

キラリさんや他の冒険者の前で使ったし、この街を発《た》つことも決まったので、バレても問題ないと思った俺は、自分から切り出した。

「なんじゃと!?　あれほどの大きさの物が入るアイテムバッグなど聞いたことも見たこともないが……ま、まぁいい。どこかでギガントツヴァイトホーンの死体を見せてもらうことは可能か？　できればワシと数人の立ち合いの下、見せてもらえると助かるんじゃが」

「面倒事になる前に旅に出られるなら問題ない」

俺はグランドマスターからの申し出を承諾した。

確かに証拠がなければ、今回の話は意味をなさない。

「そうか。そしたら数日中に予定を整えるゆえ、しばし待っておれ」

「分かった」

「それと、死体を確認次第、お主のランクは上がるじゃろう。それだけは受け取ってくれるじゃろうな？」

「ああ、ランクは上げたかったからな。こっちとしても助かる」

証拠があればランクを上げてくれるようだ。

できればSSSランクになりたいところだが、四段階のランクアップは流石に難しいだろう。

「うむ、それでは予定が決まったら連絡しよう。連絡先はリンネの定宿でいいか？」

「ああ」

俺がそう返事をすると、本題が終わったのを示すようにグランドマスターが穏やかな表情になった。

「そうか、それではそのように。それにしても、あのリンネがのう……フォッフォッフォ」

爺さんはリンネにニヤニヤした視線を向ける。

「何よ!?」

その視線にリンネは威嚇する犬のように噛み付いた。

「こりゃまたすごい男を伴侶《はんりょ》に連れてきたなと思ってな？」

ヤレヤレと呆れた表情で答えるグランドマスター。

「別に伴侶とかそんなんじゃ――」

「分かっておる分かっておる、皆まで言うな。フォッフォッフォ」

否定しようとするリンネを手で制し、爺さんは全てを見透かすような笑みを浮かべた。

リンネは「全然わかってない！」と地団駄を踏む。

俺はそんなリンネを宥めつつ、グランドマスターに尋ねる。

「まぁまぁ落ち着けって。もう用件は終わったということでいいか？」

「ん？　ああそうじゃの。帰っても大丈夫じゃ。ではまた連絡する」

「了解」

俺はグランドマスターとの話が終わったことを確認し、リンネを引っ張って宿へと帰った。

第十話　旅立ち

宿に帰った後もリンネはずっと俺から離れようとしなかった。

一緒にご飯を食べ、一緒に布団に入った。

うーん。そんなに心配かけてしまったか……

リンネは、俺がヘカトンケイルもどきを倒したことを知っているから、そんなに心配しないと思っていたけど、その辺は理屈じゃないのかもしれない。

好きな相手が思いがけず危険な所にいると知ったら、俺も気が気じゃないしな。

だがこのままでは俺が今日中に片付けなくてはいけないもう一つの仕事ができない。

申し訳ないとは思いつつ、俺はインフィレーネの結界で彼女を覆ってリラクゼーションミストでリンネを深い眠りへと誘った。

「スゥ……スゥ……」

彼女はあっという間に寝息を立てて、警戒心などないあどけない顔で熟睡してしまった。

「さて、行きますか！」

『はい、ケンゴ様』

部屋の窓から出ようとしたところで、聞き慣れたバレッタの声が耳に入った。

『ここは私の出番かと思いまして』

いや、別に特に出番というわけでは……

『いえ、ここは私の出番に違いありません！　こういう時しかサポートできないのですから！』

お、そうだな……

バレッタの勢いに何も言えなくなりながら、俺は外に出た。

「まずはマルモーケの方から行くか」

俺はマルモーケ商会まで走り抜ける。

ふふふ、俺が宝をとっただけで許すと思ったら大間違い。ちゃんと罰を受けてもらわないとな！

マルモーケ商会に着くと、すでに店は閉まっていた。

日中に色々持っていかれていることにはまだ気づいていないだろうか。

それにギルドから依頼達成の報告が来ていたら、俺が生きているのに気づくだろうし、多少の動きはあってもいいものだが……

『お昼に商会から出る前にインフィレーネで結界を張り、その内部の空気を操って意識操作しておきましたので、気づかれるはずがありません』

おーい、バレッタさーん？

しれっと言っている内容が恐ろしい。

それに今の発言だと、インフィレーネは俺だけじゃなくバレッタにも操作できるという話になるんだけど……

『いえ、気のせいです』

怪しい。意識操作しておいたって言ったよね？

『インフィレーネが主の無意識の意向を読み取り、自動的に行ったのです』

本当に？

『当然です』

……まぁいい。気にしたら負けだ。

「ん？　マルモーケがいない？」

バレッタの言動について考えるのをやめ、マルモーケの位置をインフィレーネで探るが、昼に商会内で探知した物と同じ気配を見つけられなかった。

『そうですね。マルモーケは別にある本宅にいるようです』

しかし、その答えはバレッタが持っていた。

「なんで知ってるの？」

『念のため、発信機をつけておりましたので』

「でかした」

俺が前回侵入した際に仕掛けていたようだ。

どのタイミングで、というツッコミは心の奥にしまい込んだ。

『恐れ入ります。本宅の方へご案内します』

「頼んだ」

俺はバレッタの案内で、マルモーケの本宅に向かった。

エイダスを使って屋敷の中に侵入した自宅に入った俺は、マルモーケの寝室へと辿り着く。

中にいるのは一人。マルモーケだけのようだ。

部屋の前にも特に見張りなどがいるわけでもない。扉に鍵もかかっていない。

マルモーケは……

『寝ていますね』

バレッタが俺の聞きたいことを先に教えてくれる。

俺はドアを静かに開けて室内に足を踏み入れた。

ギルバート同様、成金趣味全開の部屋という印象の内装と調度品だ。

「なんでこういう奴らは同じような所に金をかけるんだろうな？」

『お金の使い方が分からない愚か者だからでしょう』

俺の疑問にバレッタの毒舌が炸裂《さくれつ》する。

俺は速やかにマルモーケを拘束《こうそく》し、インフィレーネで深い眠りに落とした。

そして、俺と同様にインフィレーネを使って隠蔽したうえで、家から運び出そうとした。

『ケンゴ様』

しかし、そこでバレッタが俺を呼び止める。

「どうした？」

『微弱ですが、人間以外の生命反応がございます』

「それがどうかしたのか？」

別に人間以外の動物がいるのは不思議でもなんでもない。

マルモーケのペットかもしれない。

だが、バレッタがそう報告するということは、俺に知らせた理由があるはずだ。

『このままでは衰弱《すいじゃく》して死ぬ可能性がございます』

「それは放っておけないな」

バレッタがなんで俺を止めたのか理由が分かった。

動物に嫌われる性質とはいえ、俺は動物好き。

彼女はその性格を見越して、死ぬと言われたら放っておけるわけがないと知ったうえで、言ったのだ。

「そこまで案内してくれ」

『承知しました』

俺はバレッタに案内され、その気配がある場所に向かった。

「ここは……宝物庫なのか？」

鍵のかかったドアを開けると、そこはギルバートの家の宝物庫とよく似た部屋だった。

ここまで近付けば、俺でもその気配は探知できる。

その生命反応の発生源を探すと、鳥かごのようなものが目に入った。

「こいつは……」

その中には生き物が横たわっている。

なんだこの可愛い生き物は！

俺は思わず心の中で叫んだ。

その生き物は猫《ねこ》に酷似しているが、狐《きつね》のようなふっさふさの尻尾を持っている。勝手に種族を考えるなら、狐猫《きつねねこ》。

ただ、まだ体が小さい上に、ガリガリに痩せ細り、毛に艶がなく、何日も何も食べていなかったのではないかと思われた。

「ヒュー……ヒュー……」

バレッタの言う通り、か細い呼吸を繰り返していて、かなり弱っていることが窺える。

インフィレーネの透明化を解除し、ケージの入り口のカギを開錠して扉を開けた。

「うぅうううううっ」

狐猫は弱っているにもかかわらず、億劫《おっくう》そうに頭を上げて俺を威嚇してくる。

「大丈夫だ。俺はお前を助けにきた。言葉は分かるか？　これを飲めば楽になるはずだ。毒は入っていないから安心して飲め」

俺は安心させるように語りかけ、皿に回復薬を入れて差し出した。

警戒しないように、毒なんて入っていないと、少しだけ中身を瓶に残して俺が飲んで見せる。

「ピチャピチャッ」

俺の言葉を聞いていた狐猫は、警戒を解き、差し出された回復薬をペロペロと舐めだした。

その効果は劇的だった。

狐猫のガリガリだった体はふっくらと健康的に変化し、その毛の艶と毛並みがまるで洗い立てのように輝きを取り戻した。

「これで一安心か……」

『はい、命の危機は脱しました』

俺がその様子を見て安堵すると、バレッタも同意してくれた。

助けられてよかった。

――ドサッ
しかし、健康を取り戻したと思った猫が、急に糸が切れたようにその場に倒れた。

「お、おい、大丈夫か⁉」

俺は慌ててしゃがんで、猫を抱きおこす。

「すぴー、すぴー」

しかし、猫は寝てしまっただけみたいだった。

『体は回復しましたが、蓄積したダメージや疲労が抜けきれていなかったのでしょう。緊張が解けて、安心して寝てしまったのだと思われます』

「なるほど。そういうことか。それならよかった」

バレッタの補足説明を受けて俺は安心した。

さて、こいつはどうしたものか。

こんな場所にこのまま置いておくわけにもいかないし、連れて帰るか。

ついでにここにあるアイテムも根こそぎもらって帰ろう。

俺は、宝物庫内のアイテムを根こそぎ倉庫に送り、猫を抱きかかえたまま、マルモーケの家を後にした。


次に向かったのはギルバートの屋敷だ。

こちらも昼と変わった様子はない。

エイダスでサクッと侵入して、そのまま駆け足でギルバートの部屋へと向かった。

『気配は三人ですね。しかし兵士らしき反応はないです』

「そうだな」

バレッタさんの言う通り、部屋の中の様子を窺う。

「まじかよ……」

ベッドの上には、全裸で眠るギルバートと二人の美女がスヤスヤと寝息を立てていた。

「こいつはリンネ親衛隊とかいいながら、別に女がいたのかよ」

『リンネ様はあくまで自分が甘い蜜《みつ》を吸うための隠《かく》れ蓑《みの》だったのでしょう』

なんて腹立たしい奴だ。

自分に都合よくリンネを利用したギルバートを見て怒りが再燃する。

俺は、そのままギルバートだけインフィレーネで覆って運び出した。


そしてギルバートとマルモーケの二人を確保した俺は、二人を連れて兵士の詰め所に向かった。

兵士に見つからないように中に侵入し、一番目立つ場所に立つ。

その場所に二人とヤバい取引や事件の証拠を置いておけば、二人に気づいた兵士がそのまま捕らえてくれるだろう。

『証拠はもみ消される可能性があるので、見た目はそのままでコピーしておきました』

有能なバレッタが、本物ではなくてコピーした方の証拠を置く。

そのまま二人から距離を置くと、マルモーケたちの透明化を解除した。

そしてインフィレーネを使って、パンッと大きな音を立てた。

兵士たちが音に気づいて、マルモーケたちがいる方へ向かう。

「な、なんだこいつらは!?」

「おい、何か周囲に書類が置いてあるぞ？」

「こりゃヤバい取引の証拠だ！」

「あ、よく見たらこいつはマルモーケじゃねぇか。大事件だぞ！」

「こっちはギルバート卿だ。こりゃ国際問題になるかもしれんぞ！　しかし……それはそれとして、こいつらなんで全裸なんだ？」

「うーん、分からん！」

二人が詰め所の中に連行されるのを見送った後、俺は宿へと戻った。

リンネは深く眠っていて、俺が部屋に入って来たのにも気づかずに、起きる様子はない。

俺はソファの上に猫用の寝床を用意してやり、その上にマルモーケの家から保護した猫を乗せて寝かせた。

「さて、俺も寝ますか」

やることが終わった俺はリンネの隣に潜り込み、目を閉じた。


翌朝、グランドマスターから明日ダンジョン内でギガントツヴァイトホーンの死体を見せることで話がまとまったという連絡が入った。

それを聞いた後、俺はリンネに問い詰められる。

「ところでこの子は何？」

「あ、いやぁ……昨日の夜、ちょっと散歩に行った時、見つけてな。拾ってきた」

マルモーケ家で保護した猫の件だ。

リンネは腰に手を当てて俺に叱るように言う。

「元の場所に返してきなさい」

「いやいや無理だって。弱ってるから放っておけなくて拾ってきたんだから。俺が飼うよ」

まるで母親みたいなことを言うリンネに俺は反論する。

「はぁ……しょうがないわね。ちゃんと世話できるの？」

「それくらいできるっての」

なんだかまるで信用がない。なんでだ？

「分かったわ。ちゃんと責任もって育てるのよ」

何故かやたらと子ども扱いされたが、無事にリンネからお許しを得た。

その後の時間は、いつものようにリンネと修業に励み、何事もなく過ぎていった。

それから、夕方になってギルドに寄ると、キラリさんに腕を掴まれて応接室へと連行された。

「ケンゴ様こちらへ！」

「どうしたんだ？」

俺とリンネが席に着くと、すぐにキラリさんが本題を切り出す。

「えっと、驚かないでくださいね」

「ああ」

とんでもなく真面目な表情で話すキラリさんに、何を言われるのか気が気じゃない俺は、表情を引き締めて身構える。

「なんと、ギルバート卿が衛兵に捕まったのです」

「え!?」

キラリさんからの情報を聞いたリンネが、信じられないという顔をする。

「……それは本当か？」

俺の中では分かり切った話ではあったが、リンネの手前、疑問に思われないように、さも知らない風に演技する。

一瞬、無事捕まったことに安堵しそうになった。危ない危ない。

「はい。一緒にマルモーケ商会の長であるマルモーケも捕まったとか」

「え？　いったいどうして……」

俺はわざとらしくならないように問いかける。

「なんでもものすごい量の犯罪の証拠があったらしく、即日逮捕となったようです」

「それはご愁傷様《しゅうしょうさま》だな」

「はい、前々から黒い噂はあったのですが、証拠らしい証拠がなくて手をこまねいていたそうです。今回遂に動かぬ証拠を手に入れ、捕まえることができたみたいですね。しかも、二人は全ての罪を洗いざらい自白しているとのこと」

え？　マジで？　自白させるようなことまでは俺は何もしてないはずだが……しかし、そこでとある可能性に思い至る。

これは多分バレッタが何かしたんだろうな。

俺は一瞬で納得した。

「そうか、教えてくれてありがとう」

「い、いえ、どちらもケンゴ様に関係のある人物だったので、お耳に入れておいた方がいいかと思いまして」

俺が笑顔で礼を言うと、キラリさんは照れくさそうにした。

「いい情報だったよ。何か礼でもできればいいんだが……」

二人があの後どうなったかは気になっていたし、キラリさんの情報は有益だった。俺はこれまで対応してもらっている分も込めてそう返した。

「そ、それでは今度、ひぇ!?」

キラリさんがもじもじとした様子で何か言おうとしたが、突然、悲鳴を上げて、怯えた表情になった。

「どうしたんだ!?」

「い、いいえ、お礼など結構です！　また明日！」

俺が呼び止める間もなく、キラリさんはものすごい勢いで立ち上がり、頭を下げて去っていってしまった。

一体どうしたんだ？

「リンネ、キラリさんはどうしたんだ——え？」

何事か尋ねようと、俺はリンネの方を向く。

そこには正面を向いて、ニコニコとした笑みを浮かべているリンネが座っている。

しかし、その笑みからとてつもない威圧感が放たれている。

「どうかしたのかしら？」

その笑顔が俺の方を向く。

「い、いや、なんでもない……」

俺はそれ以上何も言えなくなった。

「それじゃあ、帰りましょうか」

「あ、はい」

有無を言わさない彼女の言葉に従い、俺はギルドを後にした。


「まだ目を覚まさないな」

「そうね。よほど弱っていたのね」

宿に帰り着いて猫の様子を窺うが、少し体勢が変わっているものの、その場から動いた様子はなく、一日中眠り続けていたようだ。

早く元気になってほしいものだ。


そして次の日。

俺とリンネは、一緒にダンジョンに向かっていた。

「ケンゴは一人にすると何するか分からないから一緒に行ってあげるわ」

このリンネのその言葉に言い返せず、俺が了承した結果だ。

すでに勝手に猫を拾ってきたことがあるから、強く言い返せない。

「おお、来たようじゃな、ケンゴ」

ダンジョンの前に着くと、そこにはグランドマスター以外に四名の人間が立っていた。

「こんにちは、グランドマスター。そちらの方たちが？」

「そうじゃ。自己紹介させよう」

グランドマスターはそう言いながら、それぞれの人間と頷き合いながらアイコンタクトで自己紹介を促す。

「まずは俺からか。俺はアルセリオン評議会議員の一人でバルド・コーストという。元ＳＳランク冒険者だ。よろしくな」

最初に挨拶をしたのは四十代くらいの日焼けをした短髪の男。筋骨隆々《きんこつりゅうりゅう》でいかにも脳筋っぽい人物だ。

続いて、三十代程度の女性が手を振りながら、挨拶する。

「私もアルセリオン評議会議員の一人。ランメル・バートリー。一応現役のＳＳランク冒険者よ。よろしくね」

ロングヘアーで魔女のようなとんがり帽子をかぶり、ローブを羽織《はお》っていて、なんだか眠そうな目をしていた。

「同じくアルセリオン評議会議員の一人のアンドレー・クロバトスと申す。以前はＳＳランク冒険者をしていた。よろしく頼む」

三人目は着流し姿の白髪交じりの五十代の男。

侍のように髪の毛を結《ゆ》っていて、いかにも武人という雰囲気を漂わせている。

「最後は儂じゃな。同じく評議会議員で議長を務めるアンバー・ダグネスじゃ。まぁこの国のトップってやつじゃな。これでも元ＳＳＳランク冒険者じゃ。魔法のことならまかせときな」

最後の一人は七十代の老人の女性。年齢は重ねているが、その鋭い眼光はいつでも現役として復帰できそうな鋭さを持っていた。姉御肌の気配を感じる。

「この国は評議会によって運営されておる。ここにいるのはその半数じゃ。ここにいる以外にもあと四人いるのじゃが、あいにく都合がつかなんだ。だから今日はワシも入れてこの五人に見せてくれればええ」

全員の自己紹介が終わった後、グランドマスターが話を締めくくった。

「俺はケンゴ。Bランク冒険者になったばかりだ。よろしく」

俺の方も挨拶を返しておく。

互いの紹介が終わると、俺たちはダンジョン内へと入っていった。

「それでは五十六階層へ向かう。五十六階層は砂漠地帯でSランク以上の冒険者が相手どるモンスターの棲処じゃ。そこならほぼ冒険者が来ないし、秘密が露見することもなかろう。ケンゴは五十六階層に行ったことはあるかの？」

「ないな」

「そうか。それではケンゴは私に触れておくように。そうすれば五十六階層に一緒に連れていける」

「分かった」

それぞれが転移ポータルに触れ、次々と消えていく。俺はグランドマスターの肩に手を置き、グランドマスターとともに転移した。

「ここが五十六階層か」

視界が切り替わると、グランドマスターが言う通り一面砂漠だった。すでに全員が移動し終えている。

「それにしても、誰かの付き添いでくるなんて、ホントによく懐《なつ》いてんな、リンネ」

バルドがニヤニヤしながらリンネに視線を向ける。

「何よ？」

「いや、なんでもねぇよ。めでてぇなって話さ」

「だから何の話よ！」

バルドの思わせぶりな態度に、リンネはムキーッと怒りを露わにする。

そこにランメルが口を挟んだ。

「あなた自分の顔を見た方がいいわよ。女の顔をしてるわ」

「な⁉」

なんでもない風に指摘されたリンネは、顔を真っ赤にして固まった。

「それにしてもリンネの話を聞いた時は、儂は驚いてお迎えが来るところじゃったわ。カッカッカ」

アンバー婆《ばあ》さんが、リンネの様子を見て笑う。

「本当だな。あの冒険一筋《ぼうけんひとすじ》のリンネが……うっ、感慨深いものだ」

アンドレーが感動で涙を流し、相槌を打つように目頭を抑えながらウンウンと頷いた。

「リンネを頼むぞ」

「ああ、もちろんだ」

バルドが俺の肩に手を置いて真剣な顔で言うので、俺も自信ありげにニヤリと笑って返しておいた。

「だぁ・かぁ・らぁ！　ケンゴはただの知り合いだって言ってるでしょぉおおお！」

俺達のやり取りを見ていたリンネは、耐え切れなくなったのか、顔を真っ赤にしたまま砂漠の奥へと走り去ってしまった。

「リンネは……まぁ、放っておいていいかの。それで例のモンスターじゃが、ここに出せるか？」

奥に去っていったリンネを放っておいて、グランドマスターが話を進める。

「出していいのか？」

「うむ」

まぁ、グランドマスターの話だとここに来る人も稀だというし、いいのか。

俺はグランドマスターの指示の下、ギガントツヴァイトホーンを置いた。

「「「「おお！」」」」

全員がその姿を見るなり、感嘆の声を上げる。

「間違いなくギガントツヴァイトホーンじゃな」

グランドマスターが深く頷く。

「ドタマに大穴があいてらぁ」

バルドが遠くの頭の部分を見るように手で庇《ひさし》を作っていた。

「何をどうやったのか分からないが、あの体毛と皮膚を簡単に貫いているのが分かるな」

「すごいわね。どんな魔法を使ったのかしら」

ランメルとアンドレーは、興味深げにギガントツヴァイホーンを検分する。

「あやつが倒される日が来るとは……長生きしてみるもんじゃのう」

最後にアンバー婆さんが感慨深げに言った。

俺の獲物だから、勝手に取られないように、念のため検分中はインフィレーネによって密かに監視を行っていた。

誰も倒したことのないモンスターの素材ともなれば、サンプルと称して持っていかれる可能性もあるからな。

少なくとも無料ではあげたくない。

しばらく検分していると、グランドマスターが近寄ってきた。

「それでのう。どこかの部位を証拠として提出してはくれんかの」

「うーん。それに付随《ふずい》する面倒事はギルドが引き受けるということなら、鼻の一部を譲ってもいいぞ」

「ふーむ。仕方あるまい。この国とギルドの力が及ぶ範囲での話であれば問題なかろう」

「分かった。それでいい」

交渉は成立して、俺たちは死体の公開を終えた。

ギガントツヴァイトホーンの鼻は、死体を倉庫に入れた途端に入れ替わりで取り出せた。

『カットしておきました』

バレッタがそう言っていたので、検分が終わる前にサクッと切り落としたのだろう……エクスターラでやっと倒した怪物をこんなあっさり切るなんて！　バレッタ怖すぎる！

リンネは顔を赤くしたまま戻ってきて、俺の陰に隠れて小さくなっている。

それを見たみんなはおもちゃを見つけたかのような反応で、大笑いしながら揶揄っていた。

どうやら彼女でも頭が上がらない存在が、グランドマスターの他にもいくらかいるらしい。

そんなことを知れただけでも今回皆に会えたのはよかったかもしれない。

リンネのこれまでの人間関係がわかって、俺にとっても貴重な一日だった。

◆◆◆

イカイラーさんとビーシャさんとの訓練を始めて一カ月。

俺――勇気は、再び石で造られた舞台の上でイカイラーさんと対峙していた。

「はぁっ！」

「ぐわぁあああああっ」

俺がイカイラーさんに斬りかかると、彼は避けることも、防ぐこともできずに、攻撃をその身に受けて、吹っ飛んでいった。

俺はすかさず彼を追いかけて、起き上がろうとした彼の首元に木剣を突きつける。

「ま、参った」

イカイラーさんは、困惑しながらも清々《すがすが》しい顔で降参する。

「「「「うぉおおおおおおおっ」」」」

俺達の模擬戦を見ていた他の兵士たちが雄たけびを上げた。

俺はイカイラーさんに手を差し出す。

「おっと、すまないな」

イカイラーさんは俺の手を握り、立ち上がる。

「いや〜、もうすっかり追い抜かれてしまったな。流石勇者だ」

「いえ、まだまだです」

苦笑しながら称賛するイカイラーさんに、俺は首を振って謙遜《けんそん》した。

実際まだ実戦を経験したわけじゃない。

いくら練習で力を発揮できたところで、実戦で戦えなければ意味がない。

「何を言うか。私をこんなにあっさりと倒しておいて」

「ははは。すみません」

イカイラーさんは俺の背中をバンバンと叩いて笑う。

俺は頭を掻いて苦笑いを浮かべた。

「全員本当に強くなったな」

「そうですね……」

イカイラーが俺以外の幼馴染達に視線を向ける。

俺も皆の方に顔を向けた。

「参った」

「よっしゃー！」

健次郎も俺と同じように教官を務めた兵士をあっさりと倒して喜びの声を上げる。

健次郎もかなり強くなった。

模擬戦で負けることはなかったけど、俺でさえ勇者としての力を使わなければ、勝つのも至難の業《わざ》だ。

聖騎士という職業は守ることに特化していて、一旦守りに入られると、俺でもその防御を崩すのにひと苦労する程の堅牢さを誇る。特に盾の使い方が上手い。

ただ、その分攻撃が雑だったり、剣を振う際に隙を見せたりすることが多いので、そこが今後の課題になると思う。

「ファイヤーランス！」

真美が魔法名を唱えると、二メートルはありそうな炎の槍が複数的に向かって飛翔し、爆発した。

そこには的など残っていなかった。

彼女は賢者という名前の通り、あらゆる属性の魔法を使用することができ、その威力も段違いに強い。

「素晴らしいですね。私が教えることももう何もありません」

「そうですか？　照れちゃうなぁ、えへへっ」

ビーシャさんに褒められて、真美は体をクネクネとさせて喜びを表している。

最初はその膨大な魔力の制御に悪戦苦闘していた真美だけど、今ではすっかり制御にも慣れて、複数の魔法を同時に使うことさえ可能になった。

仮に遠距離から戦闘が始まったら、恐らく俺の勝ち目はほとんどないと思う。

そして聖はといえば……

「エリアヒール」

聖は訓練で痛めつけられた兵士たちに治癒魔法を掛け続けている。

「俺はまだ戦える」

「痛みが消えていく」

「ああ……聖女様……可憐《かれん》だ……」

兵士たちは聖に感謝しながら治るや否や、訓練に復帰していく。

中には怪しい視線を送る兵士達もいるが、まぁこの際それはいい。

不埒《ふらち》な輩には俺が制裁を加えればいい話だ。

慣れないうちは回復もままならなかったけど、今ではその回復力はこの世界の治癒魔法使いを圧倒的に上回るほど。

欠損を治すまでには至らないものの、瀕死《ひんし》の重傷からでも回復できる魔法まで使えるようになって、名実ともに聖女と言える存在となった。

「そろそろ頃合いだな？」

「そうですね」

イカイラーさんとビーシャさんが顔を見合わせた。

頃合いと言うのは、訓練を終え、魔王種を含むモンスターを討伐する旅に出る時期だということだ。

俺達がここで学べることとは全て学んだと思う。

一カ月という短い期間だったけど、イカイラーさんたちにはお世話になった。

彼らと離れることになると思うと、寂しい気持ちが沸いてくる。

しかし、世界中で魔王種やモンスターの被害に遭っている人達が大勢いるとなると、ここで立ち止まることはできない。

「そう悲しそうな顔をするな。また会えるさ」

イカイラーさんがそんな俺の頭に手を置いて撫でる。

高校生にもなってそんなことをされるのは恥ずかしいけど、嫌な気持ちにはならなかった。

「はい。必ず帰ってきます」

「その意気だ。報告を楽しみに待っている」

「分かりました」

イカイラーさんとの再会の約束をし、それから数日後、俺達は世界を救うためにヒュマルス王国の王都、ダイカーンを旅立った。

◆　◆　◆

ギガントツヴァイトホーンを見せてから数日。

グランドマスターの報告が他のお偉方の耳に入る前に旅に出る予定の俺たちは、旅支度を始めていた。

旅立ちに際し、俺は結構伸びていた髪の毛も切りそろえてさっぱりした。

元の年齢を考えると、そろそろ加齢臭が出るのではないという不安もあったのだが……

『魔導ナノマシンによって若返った肉体に、そのような臭いは無縁です』

バレッタからは、このような説明を受けた。

「嫌な臭いなんてしないわよ？　むしろ、お、落ち着くかも……」

そしてリンネにも念のため確認したが、好意的に受け取られていた。

これなら恐らく大丈夫だろう。

転移前と比べると、雲泥《うんでい》の差といえるほどには外面はかなり良くなったのではなかろうか。

また、俺は冒険者ランクがSランクになった。

本当ならあの巨獣を倒したので、ＳＳＳランクにしたいとのことだったが、ＳＳランク以上になるためには功績に加えて各国の推薦《すいせん》が必要らしい。

そうなると、結局俺が直接倒したことを報告しにいかなければならないので、旅に出る意味がなくなる。

少なくとも今は難しいということだった。

ただ、ギルド内ではＳＳＳランク相当として扱ってくれるらしい。

異例の大出世に周りは驚き、妬《ねた》みや僻《ひが》みの視線を感じることもあったが、大盤振る舞いで酒を奢《おご》ってやったらほとんどの奴が黙った。

他人からの悪意が減るのならそのくらい安いものだ。

極稀に絡んでくる奴がいたが、それは本当にごく少数。

もちろん今ではインフィレーネを使わずともそんじょそこらの奴には負けない。

こちとら最近は毎日Ａランクモンスターの千匹殲滅ランニングをしたうえで、リンネとの模擬戦をしているんだ。負けるはずもない。

収入も、そのランニングのおかげですごい額になってきた。

それから捕らえられたギルバートとマルモーケのその後についてキラリさんから教えてもらった。

ギルバートは国に強制送還され、そこで処分を下されるそうだ。

証拠の内容を見る限り、生半可な罰にはならないだろうとのことだ。

一方でマルモーケは犯罪奴隷として鉱山《こうざん》での強制労働が待っている。

他の犯罪に加担した人間達も軒並み逮捕され、処罰されたらしい。

冒険者ギルドでも街でも、何日かはその話題で持ちきりだったようだ。

「ただ……どちらの家でも金目の物が根こそぎなくなっていたらしいんですよ……仲間割れでもしたんでしょうか？」

というキラリさんの言葉を聞いた時、少しドキッとしてしまったのは内緒だ。

そして今、俺はまた着せ替え人形になっていた。

「こっちも似合うわね。うーん、これも悪くないわ」

俺が考え事をしている間に次から次へと服を合わせては選んでいくリンネ。

「うーん、こんなものかしら」

そしてようやく納得する品選びができたらしい。

リンネは満足げな表情をした。

正味三時間。前回、前々回より長かった。

「支払いは金貨百三十枚になります」

店員さんの声を聞いて、俺は金貨を手渡す。

「ああ。これで頼む」

二人で店を出ようとすると、店員さんが見送りながら声をかけてきた。

「リンネ様、また恋人さんといらっしゃってくださいね！」

「だから、ケンゴはただの知り合いよ、知・り・合・い！」

振り返って店主を睨んだ後、ドスドスと肩を怒らせながら店を出ていく。

「ははは。じゃあまたな」

俺は苦笑しつつ店を出る。

もはやリンネいじりは街の人々の恒例行事と化している。

俺といることで丸くなったリンネが皆可愛くて仕方ないのだろう。

彼女には甘んじてその仕打ちを受けてもらいたい。

「もう、皆して毎日毎日なんなのよ！　もう！」

外に出ると、リンネがすごい剣幕で叫んでいた。

周りの通行人たちは、ビクッとしながらそそくさとその場を離れていく。

「なんだ、そんなに嫌か？　俺と恋人に思われるのは？」

「べ、べつに！　嫌ではないけど……まだそういうんじゃないもの……」

胸の前で指をツンツンしながらリンネは答えた。

「そういうんじゃないのに、俺とずっと一緒にいてくれているのか？」

「一応命を助けてもらったし、色々もらっているもの！　そのお礼ってだけなんだから！」

カァーッと顔を赤らめて彼女は反論する。

「ふーん、俺はリンネとこれからも一緒にいたいんだけどな？」

「へ？」

リンネの気持ちはすでに分かっている。

彼女はまだ否定し続けているし、まだまだ隣に立つには不十分だが、これ以上待たせるのは悪い。

俺は意を決して話を切り出した。

リンネは石のように固まっている。

「リンネと恋人になりたいって言ってんだよ」

「な、ななな、何言ってんのよ！」

念押しするように再度答えると、リンネが突然動き出してアタフタと慌てる。

「なんだ？　ダメか？」

俺が問うと、プイッとそっぽを向いて腕を組んだ状態で答えた。

「ケ、ケンゴが私にどうしても、こ、恋人になって欲しいって言うなら、考えてあげる」

「どうしても俺の彼女になって欲しい」

「ふん！　仕方ないわね！」

俺がそう言って手を差し出すと、リンネは顔を背けたまま俺の手をとった。

俺たちのやり取りを聞いていた周りの人達からは、ワァーッと歓声と拍手の嵐が巻き起こった。

「い、行くわよ！」

「あ、ああ」

流石に俺も恥ずかしくなってきた。

二人で俯いて歩き出し、俺たちは宿に戻るのだった。

やるべきことを終えた俺は部屋に入る。

「まだ起きないか……」

狐猫を助けてからもう数日経ったが、未だに目覚めない。

俺が頭を撫でると、毛がフサフサでフワフワでサラサラ。触り心地が最高だ。

「むにゃ？」

「おっ」

俺に触れられたのがきっかけとなったのか、猫は目を開いた。

「ふしゃー！」

猫は俺から飛び退き、俺を威嚇する。

「おはよう。目が覚めたみたいだな」

『誰!?』

威嚇と一緒に、猫の言葉が鳴き声と重なって聞こえる。

猫の言葉まで分かるとは……言語理解のスキルは思った以上に使えるな。

「俺はケンゴ。お前を助けた人間だ。覚えてないか？」

『そういえば……』

俺が語り掛けると、猫は思い辺る節があるのか、首を傾げた。

「まぁ元気になって何よりだ。腹減ってないか？」

『減った……』

――クゥ……

返事とともに猫のお腹が可愛く鳴る。

「これでも食うか？」

俺は倉庫にあった魚の切り身を差し出した。

『スンスンッ』

猫は魚の臭いを嗅ぎ、パクリと少し噛んで口の中に入れた。

『美味しい！』

次の瞬間、目の色を変えてガツガツと魚を食べ出した。

助ける前はガリガリだったし、数日寝ていて食事を取っていなかったせいか、その食べるスピードが尋常じゃない。

一口ごとに魚がどんどん消えていく。

『おかわり！』

なくなったら顔を上げて次の食料をせがむ猫。

「誰も取らないからゆっくり食べろ」

俺は宥めながら、次の魚を出してやる。

――ハグハグッ

それでも猫の食欲は収まることなく、明らかに自身の体積よりも大きい量の魚を食べた。

お腹がポッコリと膨らんでいるが、入りきらない分が一体どこにいってしまったのか疑問だ。

「満足したか？」

『うん、お腹いっぱいー』

満腹になった猫はすっかり警戒を解き、俺の隣でソファで横になっている。

「それで？　なんでお前は捕まっていたんだ？」

『うんとねー。外に出ちゃダメだってお母さんに言われてたんだけど、外に出て遊んでたら疲れて寝ちゃって、起きたら捕まってた』

どうやら大分やんちゃでおっちょこちょいのようだ。

これは治ったからさようならとはいかないよな。

「そうか、分かった。俺はケンゴっていうんだ。お前は？」

『んー、名前はまだないよ』

「そうなのか？」

『うん、僕は生まれてすぐだから、まだつけてもらってないんだ』

猫の答えを聞いた俺は頬をかいた。

「それはなんて呼んだらいいか困るな」

『ケンゴが付けてくれてもいいよ？』

俺がどうしたものかと悩んでいたら、猫は俺に名誉ある命名権をくれるという。

「い、いいのか？」

夢かもしれないので、一応念のため確認を取る。

『うん。ケンゴならいいよ。落ち着く匂いがするし、強そうだし、僕を助けてくれたから』

猫は俺の傍にやってきて体に擦り付けながら鳴いて再度了承した。

猫のスリスリ。

どれだけこの行為を夢見たことか。数十年にも及ぶ夢が今日今ここで叶うとは思わなかった。

これほど幸福だった瞬間は今まで生きてきた中で一回味わったかどうかだ。

さて、この猫にはなんて名前を付けるのがいいだろうか。

見た目は山吹色《やまぶきいろ》のアメリカンショートヘアーに近い猫。

それに狐のモフモフな尻尾が二本付いている感じだ。

山吹色から連想されたのは、俺が育った地元の田園風景。

「イナホ」

そんな言葉が口からポツリとこぼれた。

『ん？』

「イナホっていう名前はどうだ？　稲っていう植物の先の種が付いた部分をそう呼ぶんだ。稲穂から取れる種は米と呼ばれていて、俺の故郷の主食なんだ。俺が育った場所ではその稲穂が一面に広がると、まるで金色の絨毯《じゅうたん》みたいに見えて凄く綺麗でな。お前の毛並みによく似てるんだよ」

よく分からなかったらしいイナホに、再度その名前と由来を語る。

『そうなんだ！　僕にピッタリのいい名前だね！　ありがとう、主《あるじ》』

俺の言葉を聞いたイナホが嬉しそうに鳴いて頷く。

その瞬間、俺とイナホが淡く光った。

同時にイナホとの間に何らかの繋がりのようなものができたのを感じだ。

「これは？」

『主従契約したから魔力の経路《パス》がつながったんだよ。これで相手がどの辺にいるかとか、言葉を話さずに頭の中で会話できたりとかするよ』

「いつの間に」

魔物と主従契約をする作品は数あれど、自分が体験するとは思わなかった。

便利な機能だが、正直戸惑いの方が大きい。

『僕に名前を付けた時だよ』

名づけが契約のトリガーだったのか。

「なるほどそういうことか。良かったのか、俺が主で」

『うん、いいよ。美味しい物も食べられそうだしね』

イナホが満足そうだからそれでいいか。

「まぁいいけどな。これからよろしくな、イナホ」

『うん、よろしくね、主』

俺がイナホの頭を撫でると、イナホは気持ちよさそうに目を細めた。

その表情が可愛くて萌え死にしそうになった。

「入るわよ」

イナホと戯《たわむ》れていると、部屋にリンネが入っていた。

「あら、起きたみたいね」

「ああ、ようやくな。イナホ、彼女はお前に酷いことはしないから安心しろ」

リンネはイナホが起きているのに気づき、近寄ってくる。

イナホの体が少しだけ硬直したので、安心させるように背中を撫でた。

「イナホ？　この子の名前かしら？　なんだか不思議な響きね。東方の国の言葉の響きに似ているわ。そういえば、ケンゴの名前もそうね。そっちが故郷なのかしら」

「まぁな」

東には日本っぽい国があるようだ。

リンネはしゃがんでイナホの頭を撫でると、自己紹介を始めた。

「イナホ、私はリンネ。よろしくね」

『よろしく〜』

イナホは警戒を解いて、気持ちよさそうに撫でられている。

『お姉ちゃんいい匂いがする。わーい！』

その上、ソファーの上からリンネの胸元に飛び込んだ。

「うふふっ。可愛いわね」

リンネは急に飛び掛かったイナホに動じることもなく受け止めた。

イナホがリンネに体を擦り付ける。

それにしても動物たらしを習得している俺よりもリンネの方に行ってしまうとは……

スキルが天然に敗北した瞬間だった。俺は心に大きなダメージを負った。

でも、地球にいた時に比べればかなりいい状態だ。前向きに考えよう。

その日は、もう遅いのでイナホを俺達二人の頭の間に寝かせて、三人で眠った。


次の日、買い出しや手続きなどを済ませた俺たちは宿を後にした。

今日は街から旅立つ当日だ。

「二人とも準備はできたか？」

「問題ないわ」

『大丈夫だよ』

俺にとって異世界で初めての街だった。

城門まで歩いていく際に、辺りを改めて見回すと、今では慣れてしまったが、異世界らしい多種多様な人物たちが行き来している。

街の人たちはリンネに女の子らしい一面があることを知ったはずだが、未だに俺とリンネが通ると、人が割れるように避ける。

リンネは多くの人にとって、いまだに雲の上の存在ということなんだろう。

超富裕層の区画から城門まではかなり遠く、歩けば三十分ほどかかるが、それでも見納めということで、ゆっくりと散策しながら歩いていく。

「おう、お二人さん！　と、一匹？」

平民層に辿り着き、街の中を歩いていると屋台のおっちゃんに声を掛けられた。

ロドスだ。

ロドスの視線は俺の肩の上にいるイナホに向いていた。

「お、おっちゃんじゃん。こいつはウチで買うことになったイナホだ。よろしくな」

『よろしく～』

俺がロドスに紹介すると、イナホが鳴いた。

「よろしくな。今日旅立つんだろ？」

少し前に伝えていたが、覚えていたようだ。

なんだかんだ庶民の味が恋しくなった時は、毎回この屋台に立ち寄っていた。

「ああ。世話になったな」

「気にすんな。戻って来た時にはまた買いに来てくれよな」

俺の感謝に肩を竦《すく》めるロドス。どうやらこそばゆいようだ。

「分かってるって。ひとまず今日が最後だし、せっかくだから買ってやるよ。リンネ、イナホ、二人はいるか？」

次にいつ来られるか分からないし、食べ納めをしておこう。

「ん～、そうね、しばらく来られないだろうし、貰おうかしら」

『食べてみたーい！』

「んじゃ、三本くれ」

「はいよ、初めて来た時はたまげたもんだけどなぁ。リンネ様に金払わせてよぉ」

注文を受けたロドスは、感慨深げに俺たちを見つめながら肉を焼き始める。

「はっ。初めての時の話はするなよ。色々あって金銭は持ってなかったんだ。これ、お代な」

「おう、ありがとよ」

俺は初めて会った時の話をするロドスを黙らせるように、代金を手渡した。

「はい、お待ち」

話をしながら数分待つと、三本の肉串を渡される。

俺はそれを受け取ってリンネに一本手渡した。

イナホには肉を取り外して一欠片ずつ食べさせてやる。

「んじゃあ、またな、ロドス！」

「おう、最後に言っとくが、俺はおっちゃんじゃ⁉　――って、お、お前……」

今までおっちゃんとしか呼んでいなかったから、俺が名前を呼んだことに驚いているようだった。

いつものように返そうとしたロドスは固まってしまっていた。

次にいつこの街に戻るか分からないからな。こんなサプライズもありだろ。

「ははは。んじゃな！」

「はぁ……くっそ！　分かってんなら最初から名前で呼べよ！　それじゃあリンネ様も剣神とお幸せに！」

俺が、意地悪が成功した悪ガキのような笑顔を浮かべると、ロドスは頭を掻きながらニヤリと笑ってそう言った。

「当然よ！　この私が、こ、恋人になってあげたんだから、幸せに決まってるでしょ！」

リンネも満更でもなさそうな顔をしながら視線を逸らし、俺の横に並んで城門へと歩き出した。

城門に着くと、信じられない光景が目に映る。

そこには町の重鎮《じゅうちん》たちや俺たちがかかわったギルドの連中、そして町の人たちも大勢集まっていた。

「イナホ、あいつらも大丈夫だから安心しろよ」

『分かったぁ』

一応、人が多いのでイナホに声を掛けておく。

「おいおい、面倒事は嫌だって言っただろ？」

俺は、代表らしく先頭に立っていたグランドマスターに呆れ半分に声をかける。

静かに出発するつもりだったのに、これじゃあ無理じゃないか。

「魔王種を倒した英雄を何もせずに送り出したら、冒険者ギルドの長として名折れじゃて。それにワシも数名で見送りに来たつもりじゃったんじゃ。考えることは皆一緒だったみたいじゃがの。勝手に集まっただけだし、こんくらいは許してくれんかのぉ、なぁ皆の者！」

そう言ってホッホッホと好々爺らしい笑みを浮かべた。

グランドマスターの呼びかけに呼応するように、他の冒険者が口々に声をかけてくる。

「おう剣神！　また見えない剣技を見せてくれ！」

「ギガントツヴァイトホーンを倒してくれてありがとよ！」

「リンネ様を幸せにしてくれよな！」

「お前、すっかり貫禄が出てきたな。今なら剣神ってのも頷けるぜ！」

ギルドで盛大に噂になってしまったからな。

人の口に戸は立てられない。

「まったく、仕方ないな」

俺はやれやれと首を横に振る。

「んじゃ、またな。そのうち寄るさ」

「うむ。いつでも来るといい」

俺が軽く手を振って挨拶を済ませると、人垣で閉じられていた道がザザァーッと波が引くように開かれた。俺はその間を通って城門を潜る。

「リンネはもっと素直になるのじゃぞ！」

「リンネ、結婚の報告は忘れんなよ！」

「リンネ、もっと女の子らしくしなさい」

「リンネ、剣神という男がいるんだ。冒険もほどほどにな」

俺の後ろでは、リンネがアンバー婆さんをはじめとする国の重鎮たちに声を掛けられていた。

バルドさんもランメルさんもアンドレーさんも娘を心配する親のようなアドバイスをしている。

「うっさい！」

リンネは煩《わずら》わしそうにしながら、そそくさと俺の隣にやってくる。

その顔はトマトのように真っ赤に染まっていた。

「剣神殿に敬礼！」

俺たちが城門の外に出ると、顔馴染みになった門番の号令により、ずらりと並んでいた兵士たちが一糸乱れぬ動きで敬礼をした。

「おいおい、これはやりすぎだろ」

「いえ、この国の兵士にはギガントツヴァイトホーンから被害を受けた人間が沢山います。彼らが自分からこうしたいと言い出したのですよ」

俺が呆れていると、兵士たちが俺たちの顔を肯定の意思を込めた表情で見つめている。

「はぁ、そうかい。そんな大したことをした覚えはないが、ありがたく受け取っておくよ」

「ははは、流石剣神殿。剣神殿にかかれば魔王種も一捻りですか……それではこれからの旅路の無事を祈っております」

「ああ、ありがとな」

門番は苦笑しながら列の最前列に戻って敬礼し直した。

「それじゃあ、行くか！」

「ええ」

『しゅっぱーつ！』

俺たちは顔を見合わせて声を掛け合うと、アルクィメスから足を踏み出すのであった。

アナザーストーリー　リンネの告白

私の名前はリンネ・グラヴァール。

冒険者ギルド所属の冒険者で、最高ランクであるSSSランクまで上り詰めた最強の三人のうちの一人だ。

これから私は、長くいたアルクィメスの街を離れて、数々の秘境巡りに出発する。

隣にいるのは、私が死の間際に出会った男だ。出会った時、こいつは不思議な格好をしていた。

思い返すと、こいつとの出会いは衝撃的だった。

だって目が覚めたら目の前に顔があるし、口に柔らかい感触があったのよ。

つまりキスされていたんだもの。これ以上に衝撃的なことってある?

ドラゴンを一人で討伐した時も、ダンジョンをソロで攻略した時も、魔物の暴走《スタンピード》を一人で丸ごと終結させた時とも違う。一人で未踏の遺跡を発見した時も、一人で未踏破区域を探索して素晴らしい景色を見た時も、この男との出会い以上の衝撃を受けたことはなかったわ。

こいつとの出会いは、死の砂漠にある未踏破のダンジョンだった。

幾度となく危機に陥りながらも、ボスの部屋へと辿り着くことができた私は、意気揚々とボスに挑んだものの、手も足も出ず、徐々に追い込まれていった。

そのボスは、これまでのモンスターとは一線を画す戦闘力を持っていた。

そして、疲労がピークに達した頃、私はうっかりミスをして、ボスにその隙を突かれ、致命傷を負ってしまう。

そこで私はもう死ぬんだと思いながら意識を失った。

でも、何故か私は目を覚ました。

その時に目の前にあったのが、この男の顔。

「何してるのよ！　この変態！」

私はあまりに信じがたい出来事に、我を忘れて目の前のそいつを突き飛ばして、そう叫んでしまった。

今思えばあり得ないけれど、その時の私はそのままあいつに殴りかかった。

あいつの言葉も頭に血が上っていた私には何も入ってこなかった。

だって……わ、私の大事なファーストキスを、知らない男が奪ったのよ？

許せるはずないじゃない！

でも、あいつは私の攻撃を全て防いでしまった。

SSSランク冒険者で、あの未踏破だったダンジョンのボスにさえ傷をつけた私の攻撃を無傷で、しかも平然と。

一体どうやってるのか分からないけど、いくら攻撃してもが埒が明かず、その間に気持ちがゆっくりと落ち着いていった。

「ほら、思い出してきただろ？」

そのおかげで今まで一切受け付けなかったあいつの声が頭の中に響いて、今まで自分が何をしていたのかを徐々に思い出した。

目の前の彼を見て、それが消えかかった意識の中で自分に近寄ってきた男だったことに、ぼんやりと気づいたの。

それと同時にその男の後ろにあのボスが横たわっているのが目に入った。

そこで私はハッとした。

不思議で仕方なかった。

あんな致命傷を負いながら、なんで私は生きてるのかってことに。

そして、体の痛みがないことに。

だから私は体のあちこちを触って自分の体の状態を調べた。

「そういえば……私の身体、治ってる……」

呆然としたまま私は呟いた。

信じられなかったわ。人生で一番間抜けな顔をしていたかもしれない。

「本当に助けてくれたっていうの？」

「さっきからそう説明してるだろ？」

考えがまとまらないままあいつの方を向いたら、肩を竦めてこの男は答えた。

「そ、そう……ありがと……」

自分の勘違いに気づき、彼から目を逸らして私はお礼を言った。

あのままだったら、私は確実に命を落としていた。

お礼を言うことなんて滅多にないから恥ずかしかったけど、命を救われたとあっては言わないわけにはいかないもの。

「い、いや、君みたいな可愛い子が無事で良かったよ」

私のお礼に対してあいつは、視線を逸らしてそんなことを言った。

それは私にとって予想外の内容だった。

え？　可愛い？　この私が？　ＳＳＳランクで誰よりも強いこの私が可愛い⁉

今までそんなことを言われたことのない私は混乱して、思考がぐるぐるしてしまう。

小さなころから周りとはかけ離れた力を持つ私は、多くの人間から恐れられるか崇拝《すうはい》されていた。

いずれにしても遠ざける行為であったことには変わりないとも思った。

それなのに、言うに事欠いてこの男は可愛いと、こんな私が可愛いと言った。

なんだか意識すると急に恥ずかしくなってきて「へ？」と素《す》っ頓狂《とんきょう》な声を上げてしまった。

人生で一番の間抜《まぬ》け面《づら》をまた更新してしまうのではないかと言うほどに、変な表情だったのではないかと思う。

「どうした顔が赤いぞ？　まさかまだ治ってないのか⁉」

その表情を見て、この男は慌てて心配そうに私に近寄ってきた。

「近づかないで！　だ、大丈夫よ！　どこも悪くないわ！　むしろ調子良すぎるくらいよ！」

私は自分の顔を見られたくなくて手を突き出して顔を背けながら、あいつに近づかないように言ったわ。

だって顔が真っ赤なのは、顔が熱くなっていることから自分でも分かるもの。

それでも心配そうに顔を覗き込もうとする。

「ほ、本当に大丈夫よ！　そ、それよりもまだ名乗っていなかったわね。私はリンネ・グラヴァール。リンネでいいわよ。冒険者をしているわ」

「おお！　冒険者！　俺は健吾。突然ここにある小部屋に飛ばされてな。階段を上ってきたら、君とあの怪物の戦いに遭遇したってわけだ」

私はこれ以上顔を見られないように話を変え、慌てて名乗ると、あいつも名乗ってくれた。

ケンゴっていう名前らしい。

不思議な響きだけど男らしい名前。そう思った。

それにしても、改めて見ると、見たこともない恰好でダンジョンに来るなんて明らかに普通じゃない。でも、深くは聞かなかったわ。

冒険者になる人物には多かれ少なかれ、他人に話しづらいことや隠していることがある。

そこを無理に聞こうとするのはマナー違反だから。

それからダンジョンから出る方法を説明したら、ケンゴは私をおんぶするって言った。

背を向けながら。

この私に今までこんなに優しくしてくれる人はほとんどいなかった。

どちらかといえば私がする方だった。

だから、その行動が新鮮かつ意外過ぎて、また驚愕した。

「は？」

「いやいや、あれだけ血を流してるんだ。本調子じゃないだろ？　おぶってやるよ」

私が意味を理解していないと思ったのか、おんぶする理由を説明するケンゴ。

いやいや、そういうことじゃない。

私がおんぶとか恥ずかしすぎるから。嬉しいけど。

でも、あいつには私の意図することは全く伝わっていなかったのよね。

「ほら気を遣わなくていいから早くしろ。あ、おんぶが嫌だったか？　お姫様抱っこにするか？」

強がって元気であるように見せておんぶを回避しようとしたけど、何を勘違いしたのか、あいつは変なことを言い出したわ。

お姫様だっこ……私だって一人の女だもの。

心のどこかにお姫様のように扱ってほしいっていう願望があったみたい。あいつにお姫様だっこされる自分を想像したらものすごく顔が熱くなってしまったわ。

「よし、じゃあ普通に歩こう」

でも、私が動かないから、あいつは私がおんぶもだっこも嫌だと思ったみたい。

少し落ち込みながら、そう言ってお姫様だっこを止めてゆっくり歩いていこうとする。

そんな捨てられた子犬のような表情はやめてほしい。

それに私にとっても二度とこんな機会は無い気がする。

抱っこしてくれる相手は初対面の男だけど。

「あ、いえ、いいわ！　お姫様抱っこさせてあげる！」

それで気づいたら、私はなぜか上から目線でそう答えていた。

その言葉を聞いた時のあいつの顔ったら、傑作《けっさく》だったわ！

まさかそんな答えが返ってくるはずなんてないって表情だった。

何度も間抜けな声を上げた私も、こんな顔していたのかもしれない。

「だ〜か〜ら〜、お姫様抱っこさせてあげるって言ってるの！　この私をお姫様抱っこできるんだから、光栄に思いなさいよね！」

それで、恥ずかしかったけど、私もケンゴに理解させるために同じように説明した。

そしたらあいつったら、何も言わず近づいてきて私をひょいっと持ち上げてしまった。

「キャッ!?」

急だったから、その時いつもの私とは思えないような可愛い悲鳴を上げちゃった。

私は落ちないようにあいつの首に手を回して体を支えるようにしたわ。

そしたら目の前にあいつの顔があるの。

優しそうな顔。それでいて男らしさもある凛々《りり》しい顔つきは、私の目に強く焼き付いた。

その近さに恥ずかしくなって、私はらしくもなく俯いて、借りてきた猫のように大人しくなってしまった。

「ん？　どうした？　大丈夫か？」

「え⁉　も、問題ないわよ！」

急に静かになった私を心配したあいつの声に顔を上げると、もう目と鼻の先に私の方を向いたあいつの顔があった。

——ドッドッドッドッドッドッドッ
ドキドキが止まらない。

私は赤くなった顔を隠すためにすぐに俯き、壊れた機械のように呟き続ける。

でも、私のあいつへの気持ちはそういうんじゃないの。

ただ、慣れない男の人の顔に少し緊張しているだけ。

私はそう自分に言い聞かせた。

「そっか、じゃあ行くか」

「ええ……そうじゃない……これはそういうんじゃないから……」

それ以上は何も聞かず、ケンゴは声掛けをして移動を始めた。

私はその合図に返事をした後、ついさっき芽生《めば》えたばかりのこの気持ちが、女の子なら普通に抱くであろう特別な気持ちではないと、ずっと否定していた。

でも……

今思えば、私はあの時確かに〝恋〟に落ちていたかもしれない。

「リンネ、遅いぞ。先行くぞー！」

目の前でケンゴが私を呼んだ。

彼と一緒ならこれから最高の冒険ができる予感がする。

私はそう確信して、急いで駆け寄ると、ケンゴとイナホの隣に並ぶのだった。

超古代二輪「レグナータ」

設定＆ラフ集

神速を誇り、
乗員を保護する
未知の技術が
施されている。

劣悪な路面状況でも快適に
走行できる特殊タイヤ。

～デザインの変遷～

別デザイン案 a

別デザイン案 b

とあるおっさんのVRMMO活動記
椎名ほわほわ
現実じゃ冴えない会社員(38歳・独身)でもVRMMOの中では
ネットで人気爆発!
名うてのスキル職人!?
冴えないおっさんのほのぼのVRMMOファンタジー!
第6回アルファポリスファンタジー小説大賞読者賞受賞作、待望の書籍化!

とあるおっさんのVRMMO活動記
1
現実じゃ冴えないおっさんが
料理生産から冒険までVRMMOで大活躍!!
シリーズ累計18万部!!

部屋で眠りについたのに、見知らぬ森の中で目覚めたレン。しかも中学生だったはずの体は、二歳児のものになっていた! 白い虎の魔獣——スノーラに拾われた彼は、たまたま助けた青い小鳥と一緒に、三人で森で暮らし始める。レンは森のもふもふ魔獣達ともお友達になって、森での生活を満喫していた。そんなある日、スノーラの提案で、三人はとある街の領主家へ引っ越すことになる。初めて街に足を踏み入れたレンを待っていたのは……異世界らしさ満載の光景だった!?

●定価:1320円(10%税込) ISBN 978-4-434-31644-9 ●illustration:中林ずん

うだつの上がらないサラリーマン、高柳 陸。かつて異世界を冒険したという過去を持つ彼は、今では普通の会社員として生活していた。ところが、ある日、目の前を歩いていた、3人組の高校生が異世界に召喚されるのに巻き込まれ、再び異世界へ行くことになる。突然のことに困惑する陸だったが、彼以上に戸惑う高校生たちを勇気づけ、異世界で生きる術を伝えていく。一方、高校生たちを召喚したお姫様は、口では「魔王を倒して欲しい」と懇願していたが、別の目的のために暗躍していた……。しがないおっさんの二度目の冒険が、今始まる——!!

●定価:1320円(10%税込) ●ISBN:978-4-434-31649-4 ●Illustration:岡谷

この作品に対する皆様のご意見・ご感想をお待ちしております。

おハガキ・お手紙は以下の宛先にお送りください。

【宛先】

〒150-6008 東京都渋谷区恵比寿4-20-3 恵比寿ガーデンプレイスタワー 8F
（株）アルファポリス　書籍感想係

メールフォームでのご意見・ご感想は右のＱＲコードから、
あるいは以下のワードで検索をかけてください。

アルファポリス　書籍の感想　検索

ご感想はこちらから

本書はWebサイト「アルファポリス」（https://www.alphapolis.co.jp/）に投稿されたものを、改題・改稿のうえ、書籍化したものです。

誰《だれ》一人《ひとり》帰《かえ》らない『奈落《ならく》』に落《お》とされたおっさん、うっかり暗号《あんごう》を解読《かいどく》したら、未知の遺物《オーパーツ》の使《つか》い手《て》になりました！

ミポリオン

2023年　3月31日初版発行

編集－小島正寛・仙波邦彦・宮坂剛
編集長－太田鉄平
発行者－梶本雄介
発行所－株式会社アルファポリス
〒150-6008 東京都渋谷区恵比寿4-20-3 恵比寿ガーデンプレイスタワー8F
TEL 03-6277-1601（営業）　03-6277-1602（編集）
URL https://www.alphapolis.co.jp/
発売元－株式会社星雲社（共同出版社・流通責任出版社）
〒112-0005 東京都文京区水道1-3-30
TEL 03-3868-3275
装丁・本文イラスト－片瀬ぼの
装丁デザイン－AFTERGLOW
印刷－中央精版印刷株式会社

価格はカバーに表示されてあります。

落丁乱丁の場合はアルファポリスまでご連絡ください。

送料は小社負担でお取り替えします。


ISBN978-4-434-31744-6 C0093